内裏襲撃

―禁闕の変異聞―

目次

主要登場人物

右近　元は伏見宮の忍びで初名は小次郎。赤松氏の家臣の猶子となり岩見右近と名乗る。左近の従兄

湖葉　南朝に仕える手練れの女忍び。南朝再興に命を懸けている。

左近　伏見宮の忍びで後花園天皇を一途に守る。右近の従弟で、初名は小太郎。

児島三郎　本名は高秀。後鳥羽天皇の皇裔。赤松義雅に招かれて備前から上洛し、源氏を称し、鳥羽尊秀と名乗る。

日野資親　日野有光の子。日野宗家への仕打ちを巡り足利将軍家に恨みを抱き、赤松義雅の討幕の誘いに乗る。

日野有光　日野宗家の当主。庶流の裏松日野家が足利将軍家の外戚となるに及び威勢を失う。娘は称光天皇の妃。

赤松義雅　赤松満祐の弟で将軍暗殺を企てる。決行を前に領国播磨に帰国を命じられ、弟則繁と甥教康、日野資親に後事を託す。

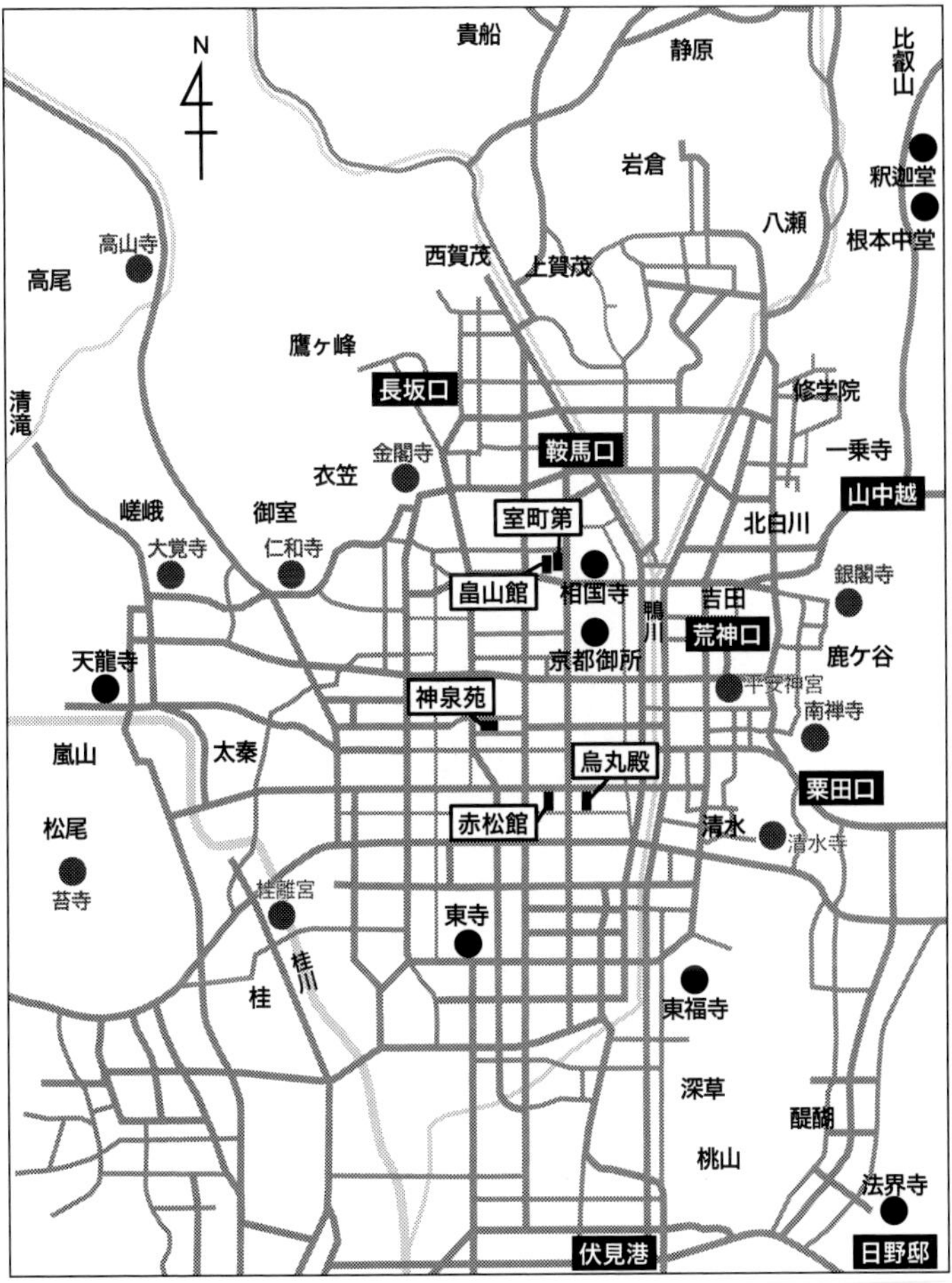

N
貴船
静原
比叡山
釈迦堂
根本中堂
岩倉
八瀬
高山寺
高尾
西賀茂
上賀茂
鷹ヶ峰
長坂口
修学院
清滝
鞍馬口
一乗寺
金閣寺
衣笠
山中越
嵯峨
御室
室町第
北白川
大覚寺
仁和寺
銀閣寺
畠山館
相国寺
吉田
鴨川
荒神口
天龍寺
京都御所
鹿ケ谷
平安神宮
神泉苑
南禅寺
嵐山
太秦
烏丸殿
粟田口
松尾
赤松館
清水
清水寺
苔寺
桂離宮
東寺
桂川
桂
東福寺
深草
醍醐
桃山
法界寺
伏見港
日野邸

一　萌芽

都の冬の空は澄み渡っていて、どこまでも蒼い。東山から北山、そして西山と、街の周囲をぐるりと峰々に囲まれているせいか、風が吹きつけることも稀で午《ひる》を過ぎれば陽向ならうとうとしてしまうこともある。その反面、未明から迫りくる冷え込みは殊のほか厳しい。夜半からしんしんと音が聞こえるほどに寒気が忍びよってきて、夜具にくるまっていても足先が凍えてしまう。底冷えといわれる所以だ。

今朝はそれがことさらに強い。北の対の回廊には白い粉を散らせたかのように霜がおりていた。

「光子……、光子や。しっかり致せ。逝ってはならん。この老いた父より先に逝くことなど許さんぞ……」

初老の男の悲痛な叫びが館を覆う冷気を切り裂いた。

声の主は日野有光。足利将軍家に寄生して権勢を恣《ほしいまま》にする裏松日野氏一門の宗家であるが、今はむしろ庶流のように扱われている。しかも当の本人が前の将軍義持からも、当代の義教からも疎んじられたので、家運は傾いているといっても言い過ぎではない。

「おのれ、義教っ」

眠っているのかと見紛うほどに安らかな妹の死に顔を眸に映しながら、有光の嫡男の資親が拳を床に叩きつけた。

光子が寝込んだのはほんの五日ほど前のこと。冷え込みが急に緩んで早くも春の訪れかと思える天候が三日ほど続いた後、一転してそれまでをはるかに凌ぐ寒気がぶり返した。

――躯がだるい。風邪かしら。

これまで大病を知らない彼女の言葉を、家のものも、そしておそらく当の本人も疑わなかった。暖かくして静かにしていればすぐに快くなると信じていた。ところが昨夕、彼女の容態が急変した。

「薬師を呼んでくる」

資親自らが馬に跨り都大路を駆け巡った。夜が更けてもあきらめなかった。が、一人として往診に応ずる薬師はいない。なぜなら当主の有光が将軍義教の勘気を蒙《こうむ》って蟄居を余儀なくされていたからだ。

――そんな家に診立てに出向いたなどと知られたら、私までもが公方さまのお怒りに触れてしまいます。

口にこそ出さないが、どの顔にも疫病神を忌避する態度がありありと感じられた。

「父上、光子は……、光子はなんぞ言い残しはしませんでしたか」

つい今しがたまで馬を駆っていた資親の頬は、血が噴き出しそうなほどに紅く染まっている。近づけば深山で雪女に出くわしたかのように冷気がふりかかってくることだろう。

「父上っ」

凍えてしまって満足に動かない指で父の腕をつかみ、力いっぱい揺さぶった。と、その冷たさが呼び水になったものか、有光の混濁していた目に正気が戻った。

「資親か、手間をかけたな」

「いつのことですか」

「まだ四半刻にもなっておらぬ」

「くっ」

込み上げてくる激情を御しきれず、彼はもう一度、しかし今度は平手で床を打った。

「臨終の際に……」

なにか言い残したのなら聞かせてくれと、父を仰ぐ。

「主上《おかみ》……、と」

「ああ……」

精気をいっぺんに抜き取られたかのように資親が肩を落とした。

彼女の言い残した主上とは、今の帝の後花園天皇ではなく、七年前にわずか二十八才の若さで崩御した先帝称光天皇のことだ。光子はその称光の数少ない妃のうちの一人だった。

彼女が称光の側に仕えるようになったのは別れの一年ほど前のこと。病み上がりだった称光は内裏の庭を散策している最中に目眩を覚えて屈み込んだ。それを偶然に通りかかった光子が見つけ、寝所まで運びこんだのだ。本来なら彼女の役目はそこで終わり、典薬寮のものが介抱に当たるのだが、褥《しとね》に身を横たえた称光が彼女の手を握り締めたまま放さず、結局三日三晩を帝の側で過ごした。

病状が落ち着きを取り戻してから事の次第を聞かされた称光は、すぐに彼女を召してそのまま後宮に入るよう告げた。病弱ゆえに房事への関心も薄く、皇嗣《こうし》に恵まれていなかった称光にしては珍しいことだ。しかも首尾よくいけば儲けの君の誕生となるかも知れない。側近の勧修寺卿が熱心に彼女の父の日野有光を説き、遂に了承させたのだ。

しかし称光が光子に求めたのは閨《ねや》での睦事ではなく母の慈愛だった。天皇家に生まれたものの常として称光もまた赤子の時に母と引き離され乳母の手で育てられた。父帝の後小松上皇は病勝ちな彼を嫌い、むしろ伏見宮家から猶子を迎え、わが子に替えて帝にしようとしたこともあった。焦燥と屈辱が軀ばかりか精神までも蝕んでいく。そんな称光の前に現れたのが、実の母と同じく日野家の血を引く光子だったのだ。

入内《じゅだい》するや、称光は毎晩のように彼女を召した。正式な皇后はいなかったが、いく人かの皇妃はいる。それらがまったく無視され、来る日も来る日も彼女だけが召されたのだ。勧修寺卿などは、これで皇家も安泰と広言して憚らなかった。が、その実、二人の営みは神経の昂ぶった称光が眠りにつくまで光子が抱きしめて背をやさしくなで続け、夜中に目を覚ますと微笑みながらやさしく手を握り締めて再び規則正しい寝息になるまでじっとしているというもので、皇子の誕生など望むべくもないものだった。

それから半年。凝り固まり昂ぶり続けていた魂が解き放たれたかのように称光の顔が穏やかになっていった。しかしそれは同時に、彼の命の炎が尽きつつあることを示していた。

「朕が世を去れば、父帝はもろ手を上げて伏見宮を迎え入れるだろう。それだけが心残りだ」

崩御の前日、昏睡から突然目覚めた称光はそうつぶやき、再び瞼を開けることはなかった。

称光が世を去り後宮を出た光子だったが、周囲の予想を裏切って髪を下ろすこともなく、非難の目を避けるように父有光の待つ日野邸に戻り持仏堂に籠って先帝の菩提を弔うだけの日々を送っていた。

「なにゆえ我らばかりが、かように過酷な目に遭わねばならぬのか」

むなしくなった妹の顔にわが頬を寄せてかき抱き最期の別れを告げた資親は、枕元に坐り込んでいくたびも拳を床に打ち据えた。


「さて、ここから先はどうするかな」

若者は、遠ざかっていく舟を茫然と見送りながらつぶやいた。

故郷の備前国を発ってから一年半。ようやく最初の目的地である山崎の地に降り立つことができた。とりあえずその場に屈みこんで川の流れに手を浸す。身が切れるかと思うほどに冷たい。それを掌にすくって顔を洗うと、眠っていた細胞のひとつひとつが目を覚まし心気が昂ぶってきた。

ふうっとため息をついて上向けられた顔立ちは、眉は筆で刷いたように流麗にして色濃く、一重瞼で切れ長な目は涼やかに輝いている。筋のとおった鼻梁に、きりりと引き締まった口許は強い意志の持ち主であることを暗示しているが、それでいて唇がふっくらとして紅いから冷徹な印象は受けない。このまま衣冠束帯を着ければ殿上家の公達《きんだち》か、あるいはどこかの宮家の王子と言っても通るだろう。

そんな、眉目秀麗という言葉は彼のためにあるのだろうとだれもが感じるほどに整った顔を懐から取り出した薄汚れた布で無雑作に拭うと、若者はくるりと踵を返して土手を上り始めた。やや前方に姿勢を傾けながら手をつくこともなく、華奢な身体つきからは想像もつかないほどにしっかりとした足取りで、平地を歩くがごとき速さで上りきる。

――なんだ、備前とさほど変わらぬではないか。

堺の津はさすがに西国一の港町とあって人の出入りも激しく賑わいを見せていた。ここからもう少し遡ったところにある伏見の港は京と西国を結ぶ喉元だけあって殷賑を極めていると聞かされた。それに比べてこの山崎の地は、陸路の要衝というのに格別に関や旅籠があるわけでもなく田野の中に村落が散在するだけ。辺りをぐるりと見廻した彼は、目に留まった一群れの木立ちに向かって歩を進めた。おそらくそここそ、彼が伏見を目前にして舟を降りた理由のある地に違いない。

朝靄の微かに漂う畔を歩んでいるとひとりの農婦に行き遇った。相手は背に荷を担ぎうつむいたまま近づいてきたが、はっと顔を上げると若者の容貌を見遣り、畔の端に飛び退いて両手両膝を地につけ深々と頭を垂れた。

「ちと物を訊ねるが」

「へ、へえ」

「水無瀬離宮の跡というのはあの森のことか」

「へえ」

わかって返事をしているのか、とりあえず応えているのかが定かでない。

「かつて後鳥羽の帝がおわした離宮のことぞ。今は社になっていると聞いたのだが、間違いないか」

「へえ」

なにを訊ねても、へえと、うなずくだけの相手に嫌気がさしたものか、

「大儀であった」

若者はちょっと顔をしかめながら言い捨てて、再びすたすたと歩み始めた。その後姿が靄に溶け込まれるのを待って腰を上げた農婦もまた、今来た道を引き返していった。

「ふむ」

どれほどの時をおくこともなく、若者は目指す森の入り口に厳然と聳え立つ石造りの鳥居の前にたたずんでいた。見たところ、そこらにある少し格式の整った神社のそれと変わり映えがしない。いや、彼の見知った備前熊野社に比べるとはるかに小さい。ただ、他にはない荘厳な雰囲気が森全体を包み込んでいた。

——あの時も、これほどには息苦しくなかったものを。

若者は苦笑しながら歩を進めた。

彼の故郷は備前国児島の地。西国修験道の宗家に生を受けたものの、庶子であるがゆえに母の実家で育てられた彼が、父の住まう尊瀧院という聖地に足を踏み入れることは滅多になかった。あの時、つまり今から一年半前、備前の地を離れると決めた彼は一大決心をして父の許を訪れた。小高い丘の麓にある尊瀧院に近づくにつれて足がすくんだ。土塀の奥にある門扉を目にした時、心の臓の鼓動はいつもの倍に達していた。御庵室への回廊を進む時には冷や汗が背筋を伝った。

「ここでお待ち下されませ」

庵室に通されてからどれほどの刻を待ったであろうか。あまりの長さに緊張の糸も緩み、ため息をひとつついてから立ち上がり回廊に下り立った。

苔むした庭先、なにかの意味をこめて建てられたはずの石柱、その向こうに眺む児島の地の風景。どれといって珍しいものではないのだが、もう二度と見ることもないかと思うと、なにかしらもの悲しく感じられて胸にこみ上げてくる熱いものがあった。

「もうよかろう。こちらへ参れ」

重厚な声に彼の肩がびくりと波打った。父祖の位牌を背に、いつの間にやら父が穏やかな微笑みを湛えて坐っている。庶長子として生まれ、この尊瀧院で暮らしたことのない彼にとって、父は親愛ではなく畏怖の対象だった。幼い頃、父の膝に乗ろうとして襟首をつかまれ、無理やり頭を下げさせられた時に垣間見た亡き母の、悲しみと苦しみの入り混じった表情を彼は今も忘れていない。

「旅にでも出るつもりか」

案に相違して父の声には慈しみと思いやりが満ちていた。

「はい。お暇乞いに参りました」

つべこべ述べる必要はなかった。庶子であるという引け目は砂が風に吹き崩されるように消え去っていた。

「どこへ行こうというのか」

「都に上りとうございます」

推測と異なっていたのか、父が少し首を傾げる。

「なんのために?」

「それは……、今はまだ申せません」

「さればそなたを義絶せねばならぬ。それでもよいのか」

子として遇されたことはなくとも系譜の上ではまぎれもない父と子。おそらくなにかを企てている子をそのまま往かせては、後になって連坐という形で災禍がふりかかってこないとも限らない。西国修験道の宗家の当主としてそのような危険を見過ごすわけにはいかないのだ。一方で、彼にしてみれば子として遇されてきたわけでもないから、格別に不利益はない。お手数をおかけします、と口にするかわりに彼は無言で頭を下げた。

「そうか。されど都というところは……」

父はなにか言いかけたが、続きを述べぬうちに口をつぐむと腕組みしたまま瞑目した。そして、

「この尊瀧院とは縁が切れても、おのれの体内に流れる血の尊さだけは忘れるでないぞ」

しばらく刻をおいてから言葉を継いだ。

「心得ました」

「ならば、もう行け」

父が右手の甲をこちらに向けてふる。彼は素直にうなずくと庵室を後にした。朽ち果てかけている木造りの柵に手をかけながら、視線を感じて振り返る。旅発つ子を見送るつもりか、これまでに見たこともない名残惜しげな目が彼を追っていた。それに向かって深く頭を下げると、彼は足早に尊瀧院を後にした。

坂を下り麓にそって南に向かうと小さな森が目に入る。尊瀧院の代々の当主によって守られている家祖の墳墓だ。小造りだが威厳に満ちた五輪塔、苔生《む》した墓前に跪《ひざまず》き両掌を合わせると、意を決したように眉を逆立てて立ち上がった。

石造りの鳥居を前にして、彼の脳裏に一年半前の出来事が蘇った。ふっと頰が緩む。懐かしかったのか、それとも自嘲したのか、自らの心の動きが読めないでいるところに、

「もし……」

遠慮がちではあるが明らかに振り返らせようという意図を感じて、若者は現実の世に引き戻された。

「なにか用か」

さきほど畔で道を訊ねた農婦だ。なぜ跡を追ってきたのか。

「備前児島の三郎さまかえ」

訝しげに寄せた眉間の縦しわがいっそう深くなる。

「そうならどうする?」

流れる音がもれ聞こえるほどに頭の中の血を巡らせたが、発した応えは肯定しているにほかならない愚かなものだった。

「てっきり山伏の格好でお出でになるものと思うておりましたに」

詫び言のように聞こえる。害意も感じ取れない。その方はなにものか、と目に物言わせる。

「赤松さまのお言いつけによりお迎えに参上致しました」

「うむ……」

一応の筋はとおっている。確かに彼が京に向けて旅立ったのは備前国の領主たる赤松家からひそかに誘いがあったからだ。だが、赤松にはいつ出立するとも告げていない。いや、それどころか招きに応じることすら返答していないのだ。

「伊予守さまの御下知《ごげち》と申し上げれば、お疑いは晴れましょうか」

確かに彼の許に密書を送り、時には説得のために密使まで遣わして上洛を決意させたのは、赤松家の惣領大膳大夫満祐ではなく弟の伊予守義雅だった。

「なにゆえそなたさまだと判ったかと申し上げますと」

農婦のなりをしているが、彼を見上げる眸には怪しい光が宿っている。

「それは私の勘」

「勘……？」

「ええ、忍びの勘」

「忍び……」

情けないことに彼は鸚鵡返ししかできないでいる。もう一度、農婦の顔をのぞき込むと、女は媚を含んだ微笑みを浮かべた。すれ違った時には土で薄汚れた年増の農婦にしか見えなかったのに、こうして間近に相対してみると、猫を想わせる尻の切れ上がった両の目に小さな鼻、紅くて縦じわの目立つ唇が、顎の線も鋭い細面に整然と並んでいる。肌にも艶があって男心をそそる好い女だ。

「修験道の縁を頼りに山伏姿で山中からやってこられるとばかり決めてかかっておりました」

まさか水夫になりすまして海路をとられるとは……、やきが回ってきましたかな、と不敵な表情とは裏腹なことを言う。

「伊予守どのの手下か」

「はい。あなたさまのご身辺をお護りするよう命じられております忍びにて、湖葉と申します」

なにごとにつけお申しつけ下さりませ、どんなことでも果たしてみせましょうと、さっきとはうって変わってその態度は傲慢にさえ思える。

「ではひとつ訊ねる。顔を見たこともないのに、なにゆえわしだと判ったのだ。忍びの勘だなどと申したが、ここに……」

途中で口をつぐんだ。そうだ、ここに来たからだ。だからわかったのだ。畔ですれ違った時には確信はなかったはずだ。

「そのとおりです。陸路か海路かは当てがはずれました。されど、必ずやこの水無瀬にまず初めにお出でになるはずだと考えておりました」

南北朝の騒乱を経て足利将軍が世を治める今のご時勢、わざわざ二百年も昔の後鳥羽院の故地を訪ねるようなものはいない。

「それとあなたさまの匂うようなお姿」

なりは水夫のものでも気品は隠せぬという。

「赤松さまにお目通りされるまでに、身も心もお姿形もさっぱりとお変わり下さりませ」

湖葉は上目遣いになって微笑むと、

「さ、宮さま」

艶っぽい口ぶりで促した。

水無瀬離宮のすぐ近く、こんもりとした森の中に参詣の人も途絶えて廃屋と化した社が鎮座ましましている。

ここかと目顔で問う三郎に、湖葉はにこりと微笑み返し手をとって中へと誘う。忍びも山伏も元をたどれば似たようなもの。だが山伏になれるのは男だけだ。三郎とて女を知らぬわけではないが、掌指《ゆび》に感じるやわらかさが妙に新鮮に思えた。

陽の当たらない社の中に薄日が差し込む。白い埃が舞い上がるさまを見て咳払いをひとつもらすと、掌を遣って口許を覆った。

「ほほほ、修験者の家に生まれ育っても気になりますかえ」

育ちの軟弱さを揶揄されたような気がして、彼はつないだ手に力を込めた。

「あら、お気に障られましたならお許し下されませ」

詫びるふうでもなく口先だけで応えながら、彼女は最も奥の床板の端に左手の指をかけ音を立てることもなくすべらせた。と、まっ暗な闇に包まれた地下に向かって階段が伸びている。

「お足許にお気をつけ下されませ」

わざと御所風の言い廻しをしておどけて見せながら、それでも多少の気を遣ってか、湖葉がゆっくりと闇に身を沈めていく。修験道の鍛錬は積んでいるから彼女の後ろ姿を見失うことはなかったが、それでも足許はおぼつかない。最後の一段を下りきっても爪先で探りながら心もとない腰つきでいると、彼女の顔が近づいてきて、

「着きました」

熱い吐息が耳朶《じだ》にかかった。

「しばしお待ちを」

絡めていた指の感触がすっと消えた。その瞬間に心に生じた不安を恥じていると、間もなく灯が点いた。

「ほう……」

広くはないし、ところどころは土がむき出しになっているが、整然としていて塵ひとつない。移動しながら山中の横穴や廃屋をねぐらにする修験者にここまでの備えはない。感嘆ともつかぬため息をもらしながら突っ立ったままでいると、

「驚かれまして?」

着替えらしき衣装を抱えて湖葉が振り返った。

「ここに隠れて幾年になるかしら」

そう言いながら彼にま新しい狩衣を差し出す。

「これに着替えればよいのか」

「その身形のまま赤松さまをお訪ねになるおつもりですか」

「うむ……、いや、なに……」

頭をかきながら三郎が答えに詰まる。衣装のことなどまるで考えていなかった。

「お血筋でございますから、さようなことにまで気づかれなくとも致し方ありません。されどそのお格好では、大路は歩けても赤松の門はくぐれませぬ」

湖葉がもう一度彼の胸元に狩衣を押しつけた。早く受け取れということなのだろう。彼が両掌を上向けると、そこに無雑作に投げおいてくるりと背を向けた。

下女のように接しながらもこの女の言うことは一々的を得ている。

——赤松伊予守というものはそこまで見通して……。

とりとめもない想いを巡らせている彼の目の前で、湖葉は野良着を脱ぎ捨て腰紐を解き、見る間に一糸まとわぬ姿になった。呆気にとられながらも見遣ると、肌はきめ細やかで腰のくびれも尻の丸みも申し分ない。妖艶さと瑞々しさの両方を兼ね備えた美しい裸身だ。

おのれが知っているどの女よりも勝れていると嘆じながら立ち尽くしていると、その様子を察したものか、肩越しにちらりとこちらを窺う気配がした。

「あ、いや……」

見とれていたのを悟られぬよう慌てて帯に手を掛けたが、彼女にはなにもかもお見通しのようで、

「困ったお方ですこと。お独りでお召し替えもなされないのですか」

形のよい乳房も男を惹きつけてやまぬ黒い陰も、惜しげもなく曝したままで振り返り、肌を覆い隠す素振りもなく近づいてきた。

「さ、ではこの湖葉がお手伝いをさせていただきます」

そう言いながら彼の手をのけて帯を解き上着を剥ぎ、膝をついて下帯すらはずした。

「まあ」

出逢ったばかりとはいえ見目麗しい、しかも裸身の女に衣服を脱がされて男の象徴が反応しないわけもない。ましてや備前の国許を離れて以来、女の肌には触れていないのだ。

「今までのことはなにもかもお忘れになって、さっぱりとした心身で赤松さまにお目にかかりましょう」

彼女は上目遣いに仰ぎ見て悪戯っぽく微笑むと、暖かくて柔らかな唇で彼のそれを包み込んだ。

褥に倒れこみ、湖葉の温もりを躯中に感じながらの甘美な刻がいつ果てることもなく続く。これ

までに覚えのない快楽に身をゆだねつつ、陶酔郷へと陥ちていくおのれを三郎は止められないでいた。

——うん……？

いつの間にやら眠り込んでしまったようだ。気がつくと裸の胸まで夜具がかけられていた。

「ああ、お気づきになられましたか」

気配を察して湖葉が近寄り、なにごともなかったかのように覗き込む。

「どれくらいの間……」

「かれこれ半日になりましょうか。よくお眠りになっておいででした」

そんなにか、と目で問うと、

「ええ、ずい分とお疲れになっていらっしゃったのでしょう。ですからおとなしくしていただいているうちに用事を済ませて参りました」

意味ありげに微笑みかけてから、彼女は背後に廻り褥の上に身を起こした彼の髪を梳いて結い上げる。そうしておいてから立ち上がらせ、今度は手早く狩衣を着せつけた。

「では、参りましょう」

「赤松の館か」

「いえ、ついそこの水無瀬少将さまのお屋敷です。それが赤松さまのお指図です」

用事とは三郎の到着を報せ、対面の場を打ち合わせてきたということか。とりとめもなく想像しながら彼は湖葉の後について隠れ家を出た。外はすでに漆黒の闇に覆われ、生い繁る木立ちの枝の隙間から月の光が射し込んでいる。と、彼の目の前を小さななにかが横切った。素早く腕を伸ばしてつかみとると、掌の上には薄紅色した桜のはなびらが一枚。

「今年は冬が長うございましたゆえ」

「今が盛りか」

見上げれば、なるほど我こそはと競うように花弁を目一杯に広げて咲き誇る桜の木々があちらこちらに群れていて、幔幕《まんまく》を張り巡らせたかのように見える。

「でももう今宵辺りが限りでしょう。そろそろ散り時のようです」

さ、みなさまがお待ちになっておいでですから、と湖葉が腰の辺りに手を当てて促す。ああ、とうなずき返して彼は再び歩み始めた。

林を抜けてしばらく進むと、透垣がわりの竹が並ぶ向こう側に板塀に囲まれた小さな館が見えた。鬼火のように橙《あか》い光が浮いて見えるのは、青侍が松明を携えて出迎えているのだろう。こちらは夜目にも不要だからと灯火のひとつも持っていないので青侍は気がつかない。よほどに近づいてからようやく鬼火が揺らめきながら迫ってきた。

「お待ちしておりました。ささ、中へ」

水無瀬家の青侍が、今更ながらに足許を松明で照らして案内する。

「ご到着になられた」

衛士をかねた下人に告げると門が内向きに開かれる。すぐ正面に主殿、右側に持仏堂と、ごくありふれた屋敷のうちであることに安堵しながら、彼は短い板橋を渡って敷地のうちに足を踏み入れた。

「おお、おいでになられたか」

蔀《しとみ》の開け放たれた主殿には、武士と思しき直垂《ひたたれ》姿のものが一人、狩衣姿の公家らしきものが二人。座興のために呼び寄せたのだろう数人の遊び女がかわるがわるに酌をしている。門のそばにある桜の大木の下に小さな篝火が焚かれているから花見の宴が催されていたに違いない。

「まずはこちらへ」

青侍に導かれるまま沓脱石から廂《ひさし》に上がり広縁にまわると、奥に設えられた円座にさきほどの三人が坐して待っていた。

「よくぞお越し下された。長の旅路にはさぞご艱難《かんなん》もございましたことでしょう」

まるで賓客を迎えるような口調に三郎は少しばかり戸惑い、

「いや、もとより軽輩の身、さしたる労苦ではなかったが」

応えながら、広縁のもっとも端に控えている湖葉に救いを求めた。

「伊予守さま」

微かにうなずいてみせてから直垂姿の武士に小声で呼びかけ、同時に女たちに目配せする。

「おう、そうであったな。うむ、女どもは退がれ」

伊予守と呼ばれた武士は、遊女たちの衣ずれの音がすっかり聞こえなくなったのを確かめてから、改めて頭を低くした。

「それがし、赤松家の当主大膳大夫満祐の弟にして、伊予守義雅と申しまする」

年の頃は四十半ば。落ち着き払った挙措に加え、穏やかな眸と白いものの目立つ鬢《びん》が沈着冷静さを物語っている。

「こちらにおわしますのが、三条の三位さまと、その弟君の水無瀬少将さまにござります」

さすがに三位という高貴な身だけあって、三条実量は赤松義雅のようにへりくだった態度は見せない。まだ二十代の半ばのようだが鷹揚としたさまで軽くうなずくだけ。

「三位さまのすぐ下の妹御をわが妻にお迎えできたご縁で、格別に懇意にしていただいております」

「なるほど。私は」

「あいや、ご紹介はそれがしから」

自ら名乗ろうとした三郎をさえぎって、義雅はふたりの公家の方に向き直り、

「こちらにおわすは、それがしが備前よりご上洛を乞い願いましたる、児島三郎高秀さま」

ここ水無瀬に所縁深き後鳥羽院鍾愛《しょうあい》の皇子にして、ひとたびは鎌倉将軍の候補ともなった冷泉宮の血筋だと告げる。

「ふうむ……」

さような皇胤《こういん》が備前におわしたとはなあと水無瀬少将と囁きあいながら、三条実量は値踏みでもするかのように不躾な視線を投げかけてきた。三郎は決してうつむくことなく、毅然とした態度で背筋を伸ばして迎え撃つ。それが気に召したものか、

「諱《いみな》の字であるが……」

唐突にそう言いながら紙と硯を持ってこさせると、流れるように筆を奔《はし》らせて、

「後鳥羽院の片諱《へんき》を賜り、かように名乗られてはいかがかのう」

墨蹟も鮮やかな紙を目の高さに掲げて見せた。

――尊秀。

確かに後鳥羽の実名は尊成といい、高と尊は音が通じる。

「それと同時に源姓を名乗られてはいかがであろう。近き皇胤であるならば源氏を称されてもよろしかろう」

「されど兄君、お世話申し上げる我らには、源どのと申すは少しばかり……」

足利にしても赤松にしても、いずれも姓は源氏だが、別に苗字というものを名乗っている。

「ふむ、それもそうじゃのう」

高位高官の公卿が、無位無官で雑人同然のおのれのことを按じて頸《くび》をひねっている。なんとも不思議な光景を彼は茫然と目に映していた。

「畏れながら鳥羽という苗字を名乗っていただくというのはいかがでしょうか」

見かねたように、それでありながら遠慮がちに赤松義雅が口を挟む。幕府の侍所の別当をつとめるほどの実力を持つ武家が、力も金もない公家に対して卑屈になっている。姻戚関係でいえば妻の兄だから義兄に当たるとはいえ、齢からすれば父子ほどに開きがある。それになによりこの縁組みで実益を得たのは三条家の方なのだ。

――奇妙なものだ。一体これはなにもののなせる技なのだろうか。

彼がとりとめもない推測を巡らしている間も三人の間で話は続いていた。

「後鳥羽院の皇胤であらせられることを苗字にも表してみたものです。後鳥羽と申し上げるのは響きからしていかがかと存じますゆえ」

「あいや、それを申すなら隠岐ではないか。なにより今の苗字の児島のままでも格別奇妙なわけではない」

水無瀬少将は武家風情の義雅が割って入るのはけしからんとばかりに頭からはねつけにかかっ

たが、

「鳥羽か……。鳥羽尊秀……、ふむ、悪くはないな。都に近い地名でもあるし、かつては離宮もあったゆえに由緒もある」

それでよろしいのではないかと兄の三条実量が賛同の意を示すや、なるほど京の近くの地名ゆえになんとはなしによい響きじゃと水無瀬少将は態度を急変させた。

「されば児島どの。これより後は児島三郎高秀ではなく、鳥羽三郎源の尊秀と名乗られませ」

おのがこととは思えないが、おのがことに違いない。

「心得ました。そう致しましょう」

なにかが起きたわけでもないし、彼のなにかが変わったわけでもない。ただ赤松家に迎えられ、三条卿と対面しただけで、彼は源尊秀といういたいそうな名を称することになった。

——一体、都というところは……。

別れを告げに出向いた時に父の言わんとしたことが、なんとなく察せられた。

二　将軍暗殺

陽光が日増しに暖かくなり、馬上で受ける風も快く感じられるようになってきた。桜は爛熟期を終えて早くも散り初め、すでに次の年の装いに向けて備えを始めていることだろう。

西国街道の脇の畔を駆け抜けて三郎が行き着いたのは、遠目には燃えているのかと見紛うばかりに朱色の花が群生する古式ゆかしき社。

ここはどこか、と鞍に腰を据えたまま振り返る。

「菅公ゆかりの天神さんにございます」

「この花は？」

騎上の姿勢は馬を御しながらも微動だにしない。

「つつじと申します。今が見頃かと存じまして」

「薄紅の梅、白い桜が終われば、紅いつつじか。都に戻った菅公の魂魄も少しは慰められようものか」

三郎はひらりと駒から下り立つと、両腕を高々と掲げて大きな伸びをしてみせた。

「ここ長岡というところは……」

湖葉が枯れ枝でもって土の上に地図を描く。水無瀬から洛中までは西国街道を直線で四里と少し。この長岡の地までは脇道で約一里。

「ここから西国街道までは半里足らずです。とはいえ、そこには勝龍寺といって細川の築いた城がございます」

城といっても現代に残されている天守閣を伴った立派なものではなく、砦の域を出ないのだが、京への喉元を押さえるだけあって、いざという時の防御は相当のものに違いなかろう。

「湖葉」

はい、と無言でうなずき先を促す。

「それがしはいつまでこうして無為に過ごしていなければならぬのだ」

領主の赤松家から、天下のために人知れず上洛してほしいとの密書を受け、迷った挙句にそのとおり京を目指してここまでやってきた。確かに招いた赤松伊予守とはその日のうちに対面できたし、血筋の尊さに相応しい諱も得た。しかしそれからひと月、音沙汰もないまま水無瀬の館で安穏な暮らしを続けている。なにひとつ不自由なものはないが、こんな生活のために意を決したわけではない。

「そなたは時折、夜中に他出しているようだが」

あの日以来、三郎の身の廻りの世話の一切は湖葉が取り仕切っている。地理に不案内な上に身の上からして独りで他出できるわけもないので、いきおい終日を彼女と暮らすことになっていた。

「やはり、お気づきなっておられましたか」

相手は備前修験道の宗家の出だ。そうとわかっているから彼女もまた無駄な抵抗はしない。見破られても当然だ。

「実は伊予守さまのご計略に齟齬《そご》が生じたのです」

「計略とはいかなるものだ」

「あなたさまは……」

伊予守さまにひそかに招かれた理由をなにもご存知ないのですかと、とうてい信じられぬといったさまで湖葉が訊き返す。

「天下のために働いて欲しいとだけしか聞かされておらぬ」

「天下のため……。それだけでご上洛なさったのですか」

「おかしいか。それがしは厄介ものだ。遅かれ早かれ国許は出なければならぬ運命だ。だから招きに応じた」

乞われて出て行く、しかも行き先は京で天下のためだという。こんな好機が二度とあろうかとつけ加える彼の姿を、あきれてものも言えないと呆然と見詰めていたが、

「まあ、そういう生き方もあるのかも知れません」

強いて納得したようにつぶやいた。そして片膝ついて地図に見入っている三郎の耳許に唇を近づけ、熱い吐息とともに囁いた。

「赤松さまの企てておいでなのは公方さまのお命を頂戴することです」

「なんだとっ」

天下のためどころか、乱世を招く途方もない企てだ。三郎にとっては慮外なこと、この上ない。

「悪将軍足利義教を斃して新しい幕府を樹てるのです」

「されど赤松といえば、五本の指に入る大名ではないか。その幕府を倒してしまえば……」

「本当になにもご存知ないのですね」

開いた口が塞がらぬと黙って見詰めていたが、やがて湖葉がゆっくりと語り始めた。

赤松家は、というよりも当主の大膳大夫満祐はなぜか将軍の受けがよくない。前の将軍義持は越後守持貞という庶流の男を寵愛し、満祐の領する宗家の所領を分割して与えようとしたことがあった。この時は頭に乗った持貞が室町御所の女房と密通するという失態を演じてくれたおかげ

で事なきを得たのだが、今の将軍義教も同様に赤松庶流の伊豆守貞村を重用し、とうとう伊予守義雅の所領を没収してその貞村に与えてしまったのだ。

「長年の宿敵であった鎌倉公方を滅ぼし、義教は有頂天になっています」

鎌倉公方というのは足利幕府の初代将軍尊氏の末子に始まる将軍家ご連枝である。南朝への備えのため京に幕府を開かざるを得なかった尊氏は、武家の聖地たる鎌倉に小幕府ともいうべき鎌倉府を設け、わが子を将軍に準じる鎌倉公方に据えて長く関東の押さえとなるよう布石を打った。ところが尊氏の跡を嗣いだ兄が凡庸であったのに比べ、鎌倉公方となった弟が英邁だったことが悲劇の始まりとなった。

以来、代々の鎌倉公方は我こそが将軍たるにふさわしい器であると主張してきた。時あたかも前将軍義持が跡嗣ぎを指名することなく死去し、遺言によって石清水八幡宮の神前での籤《くじ》引《び》きという前代未聞の手段で、しかも僧侶であった義教が還俗して将軍職を襲った。これで憤懣《ふんまん》が頂点に達した鎌倉公方は重臣上杉氏の諫言《かんげん》を聴き入れることなく義教打倒の兵を挙げるに至った。

しかし鎌倉府に従う東国武士の多くは尊氏の意思を受け継いできた上杉氏の下に組織されている。人心を顧みることなくただおのれの野心のためだけに兵を動かそうとする鎌倉公方に同調せず、逆に叛いて滅亡に追い込んだばかりか、その公方の遺子を奉じて蜂起した残党をも自浄作用で鎮圧してしまった。

「関東にまでおのれの威令が行渡り、わが手で天下を泰平に治められるという自信のなせるわざか」

三郎は得心顔でつぶやいたが、

「いいえ」

まるで弟を諭す姉のように微笑みをたたえながら湖葉が頸を横にふった。

「義教は幸運にも将軍の座につくことができましたが、伊勢の北畠、大和の越智、それに籤にはずれた異母弟にも叛かれ、延暦寺の衆徒や畿内の土豪は一揆を企て、重臣の山名と赤松の間にも隣接する所領を巡って間隙《かんげき》が生じました」

これまでは同じ尊氏の血を引く鎌倉公方が関東に居座っていたことで容易に兵を動かすことができなかった。幕府の重臣にそっぽを向かれ、やはり鎌倉公方を将軍に迎えるべきだなどと唱えられては元も子もなくなるからだ。

「その重石が今はもうないのだな」

目線を逸らすことなく彼女はゆっくりとうなずいた。義教の次の手は諸大名の力を削ぎ、将軍専制を強めること。三代将軍であった父が専制政治の確立のために土岐、山名、大内といった幕府草創以来の大名を次々と討伐しては弱体化させたのをまねた政策を取り始めている義教の、この先の目当ては、

「まずは畠山、赤松、それに一色」

中でも赤松は先の義持からも疎まれており、その初手として伊予守義雅の所領が没収された。これで赤松がまず初めに血祭りに上げられるであろうことはだれの目にも明らかとなった。

「坐して滅亡を待つよりも、運を天に任せて先手を打つわけか」

「ええ、すでに矢は弓から放たれました」

されど思いもよらなかったことが起きたのだという。

「それが齟齬なのか」

一体どんなことかと態度で促したが、

「今宵、水無瀬のお館に伊予守さまが三条さまとともに参られます」

「話はその時に、というのだな」

三郎はそれ以上深追いすることなく、ゆっくりとうなずいた。

午過ぎから天を覆い始めた薄雲が夕方前にはずんと分厚くなり、宵を迎えた頃には雨粒が落ちてきた。

「五月雨《さみだれ》のはしりかのう」

まず三条実量が牛車に乗ってやってきた。

「お待たせしてしまいましたかな」

しばらくして赤松義雅が直垂についた滴を拭いながら現れた。どうやら雨の中を蓑笠着けて馬でやってきたらしい。

が、二人が顔を揃えても宴は始まらない。それどころか、義雅は廂近くに腰を下ろして軒先を打つ雨音をしきりに気にかけている。

――どういうことだ？

三郎が湖葉に目顔で問いかける。

――もうお一方、お客人がございます。

なるほど彼女の視線の先には、ひとり分の無人の座が設《しつら》えてある。しかも三条卿と水無瀬少将の間だから、相当に高位の公卿に違いない。と、ほどなく、

「参られたようですな」

義雅が軽く会釈して腰を上げた。車寄せまで迎えにいくつもりなのだろう。

「同志がひとり増えたということじゃ」

怪訝な顔をしていたせいか、水無瀬少将が無愛想に話しかけてきた。

「同志……？　されど、この席を見れば三条卿に次ぐ位階のお方にござりましょう」

「さすがは御大将、ご明察じゃ」

実量が顔を向けることもないままつぶやいた。と、御簾《みす》をくぐって狩衣姿の公家が姿を現した。

噂の人は、幅広い肩に骨太な身体つきをしている。位が高いにもかかわらず剃り落としていない眉は黒々と太く、一重瞼の双眼が切れ長で鋭いばかりか、鼻梁もまっすぐで高い。下唇が女のように紅くてぽってりとしているわりに、口許が引き締まって見えるのは鉄漿《かね》を塗っていないゆえだろうか。

——髪に白い線が目立ちはするが、年の頃は四十前といったところか。

新しい同志が腰を下ろすのを、とりとめもない想いを巡らせながら見るとはなしに眸に映していた三郎だったが、

「ご拝顔を賜り、恐悦にございます」

ひれ伏しながら発せられた声に言い様もない威圧感があって我知らず気圧されてしまった。

「日野資親と申しまする」

すうっと向けられた視線は、強弓から放たれた矢のように彼の軀を貫いた。漲《みなぎ》る殺意があふれ出ているし、資親自身もそれを隠そうとしていない。

——こんな公家が高位にいるのか。

雷に打たれた如く、しばし茫然として動けずにいたが、

「日野どのは将軍家のご姻戚の流れから少し離れたお血筋だが、従三位にして参議を務めておいでじゃ」

なにも感じることがない水無瀬少将が穏やかに仲介した。

「児島、いや鳥羽尊秀と申す。以後、ご入魂に」

こちらこそ、という代わりに無言で頭を垂れた日野資親であったが、上向けた眸でしばしじっと見詰めてから、

「さすがは後鳥羽院のご皇胤。尊貴な中にも剛毅さを潜めておられる」

すうっと視線を逸らせて三条実量に話しかける。途端に三郎の背中を冷や汗が奔った。

「日野さまは罪もないのに公方から疎んぜられ、ご家門存続の危機に瀕しておいでです。また、三条さまとは後小松院を巡って遠縁に当たらせられますことから、三条さまのご承諾を得てお誘い申し上げました次第」

日野資親を出迎えるために席を離れていた赤松義雅が戻ってきて、まず三郎の杯に、次いで三条卿、日野資親、水無瀬少将の順に杯を満たし、最後に手ずから自らの杯に濁酒を注いだ。これら一連の作業を終えた義雅が目顔で三郎を促すと、

「みな、大儀である」

彼が杯を目の高さまで掲げ、ひと息に干す。三条卿をはじめ、同席しているものがそれに倣う。密談を始めるという無言の合図だ。

「時に、今宵お集まりいただきましたのは、日野さまを同志に加えましたることのご披露のほか

に、今ひとつ理由がございます」

三郎以外はみな承知しているのか、取り立てて動揺する気配もない。

「実はわが兄にして赤松家の惣領大膳大夫満祐より、それがしに領国の播磨に下るようとの指図がございました」

赤松義雅は昂ぶる感情を押し殺して淡々と語り始めた。満祐自身、いくたびも侍所別当に任じられるなど大名家の惣領として決して凡庸な質ではないのだが、なぜか将軍の前に出ると無様なまでに卑屈になる。いわゆる「いじめられっ子」の典型で、義持と義教の二代に渡って虐げられているのもそのせいなのだろう。ゆえに近頃は表に立つことも少なく、戦陣の指揮も義雅に任せっきりにして家臣の館に引き籠っている。

「それゆえに猜疑心ばかりが強くなりまして、ますます小心ものになって参りました」

自ら悪いほうに向けて転がっていくと言わんばかりだ。というのも、義雅への帰国の指図の真意も、義教によって無法に領地を取り上げられた弟が、あらぬことを企てるのではないかと疑われては困ると慮《おもんぱか》ってのことだという。

「ふむ、それは困ったものじゃ。我らは赤松どのと一蓮托生じゃというのに」

三条実量が困惑した表情を浮かべる傍らで、日野資親は眉ひとつ動かさない。

「それで伊予守どのはどうするおつもりなのか」

三郎以外のものはみな承知しているのか、ごく当たり前な疑問を訊こうともしない。痺れを切らせて彼が口を開いた。

「はい。ここは惣領満祐の申すとおりに、領国に退こうかと考えております」

仕方がないだろうという、声にもならぬ諦めが座に漂う。やはり彼以外は先刻承知なのだ。

「されば、伊予守どのの取り仕切ってこられた公方暗殺の企ては……」

そのために総大将に迎えられた三郎にしてみれば当然にして最大の関心事だ。

「代わって、この日野資親が差配致します」

「なんと。されど日野どのは三位の高位にある公卿ではないか」

公家に戦さの支度ができるのか、言外に懐疑心があふれ出ていた。

「驚かれるのも無理はございません。されど日野さまは軍略にかけては博識におわします。一体どこでお学び遊ばしたのやらと、我らも舌を巻いたほど。それがしから秘策をとくとお伝え申し上げ、日野さまならばと心を決めましたる次第にござります」

しかし赤松がいなければ軍兵が揃わぬし、それでは戦さはできまいにと目顔で問うと、

「御意。さればそれがしが率いることになっておりました赤松の兵は、惣領満祐の嫡子彦次郎教康に預けまする。それがしが領国に退去致しましたとて、赤松の舵が逆さにきられることはございません」

帰国の沙汰を了承したのは企てが露顕するのを防ぐためのもので、赤松の危機が去ったわけではないのだと義雅は強調する。

「されど、その彦次郎とやらが大膳大夫の嫡子であるならば、おのずと父には逆らえまい。父子とあれば考えも似ておろう」

初めて三条実量が口を挟んだ。義雅が妹婿であるがゆえに赤松に連座して処罰されるのを坐して待つよりは、いっそ義雅の力量を恃《たの》んで懸けに加担したのだろう。その義雅が企てから一歩退くことに大いなる不安を抱いていると見える。

「ご懸念はごもっともなれど、この件についてはご安堵下さりませ」

義雅はずい分と年下の義兄の胸中に立つ細波《さざなみ》を敢えて押さえ込もうとはしなかった。

——すべてに渡った出来物だ。公方はそこまでわかった上で、この男の所領を没収したのだろうか。

単なる強権を振るうだけの悪将軍ではなく、したたかさを備えた策略家の義教。そして全知全霊を賭けてその魔の手を斥け、お家の安泰を図ろうとする赤松義雅。

——これは、とんでもないことに巻き込まれたのかも知れぬ。

なにも知らずに出てきたのかといった時の湖葉の呆れた顔を思い出しながら、これまで感じたことのない恐怖に苛まれて三郎は思わず身震いした。

「彦次郎は兄、あいや大膳大夫の身の処し方に憤懣を抱いております」

常日頃から、父満祐の態度は赤松家の惣領として相応しくないと口に出しているほどだから、三条卿の懸念は無用と存じますとつけ加えたが、

「ただ……」

言うべきか言わざるべきか、珍しく義雅が躊躇《ためら》う仕草を見せた。

「ただ？　どうしたのじゃ」

身を乗り出さんばかりにして三条実量が追及する。胸のうちでは不安の波が寄せては返しているのだろう。

「彦次郎はそれがしなどよりはるかに明晰な頭をしておりますれば、その分だけ冷めたところがございます」

達観した上でのことなのだが、傍目には諦めが早いように映るらしいと解いた。

「やや、それは事を成就せんとする熱意に欠けるということではないのか」

それでは困る。企ての途中で放り出されでもしたら、我らの行き着く先はどうなることか。堪りかねて水無瀬少将が慌てて口を挟んできた。三条実量も心なしか膝を乗り出している。が、義雅はむしろこうなることを望んでいたように、

「いえ、彦次郎の心根を知らぬものにはさように映ると申し上げたかったまでにございます」

おのれが決めたことをやり遂げようとする信念はひと一倍で粘り強さも兼ね備えている。ただ、既成の事柄や自説に固執しない柔軟さが表に出すぎるきらいがあるので、それを承知しておいてほしいと落ち着き払っていう。

「齢はいかほどか、その彦次郎とやらは」

「今年で十八になり申しました」

「なんと……」

またもや兄の意を介したように水無瀬少将が声を上げた。赤松満祐が一門の惣領としての信頼を失いつつあるにもかかわらず隠居もせずに家長であり続けているのは、嫡子が若年であるからではないのか。そんな彦次郎に本当にすべてを任せてもよいものなのか。

「決して頼りがいのない若輩者ではございません」

いくら齢を重ねていても兄にへつらうことしかできないお手前などとは出来が違う。珍しく、いや初めて義雅が皮肉めいた口応えをした。

——伊予守とて、わが手で事を成し遂げられないのが余程に口惜しいのだ。

三郎が哀れみを帯びた眸を向ける。京に残ることに固執すれば兄満祐の疑念を深めるばかりで、引いてはこの企てを露顕させてしまいかねない。そうなれば身も蓋もないと思ったからこその苦渋の選択であろうに。

――できることなら公家などを同志に引き入れたくはないのだ。

だが、将軍を斃す以上、戦乱を拡大させないためには速やかに帝の権威を戴かねばならない。公家はその仲介としてどうしても必要なのだ。

「まあ、伊予守がそこまで申すのなら……」

水無瀬少将が兄をちらりと見遣ってからうつむく。白々とした空気が漂うかに思えたその時、そうはさせじと義雅が破顔して、

「かつて一度お目通りをいただきましたが、わが弟の禿げ猿を覚えておられましょうや」

「禿げ猿じゃと？」

三条卿と水無瀬少将が顔を見合わせてぷっと吹き出した。

「なんのことか」

三郎はのけ者にされたような不快感を覚えて、同じく黙ったままでいる日野資親に顔を向けた。

「やっ、これは鳥羽どのにはご存じない話でした。実はそれがしには左馬助則繁と申す弟がおりまして」

彼らが初めて密談の場をもった時、義雅の扈従《こじゅう》としてその左馬助則繁が同行した。頭髪はどうにか髻《もとどり》が結えるほどの薄さ、丸顔で額には太い横皺が三本、眉は薄く目は円く落ち窪んでいて、色の悪い薄っぺらな唇をしていた。にもかかわらず髭は濃くてこめかみにまで達しているものだ

から、猿にそっくりなのだ。

「この則繁、見た目に似合わず戦さ上手にして、今では赤松が出陣する合戦の大半で采配を振っております」

つまりは表には出ないものの軍師である男が健在なのであるから、いかに彦次郎が若年であっても企てに支障はないと胸をはる。

「加えて、それがしが立案致しましたる策はことごとくこちらの日野さまにお伝えしてございますれば、それがしが播磨に去りましたところで調略は必ず実現致します」

最後に断言して、義雅は少し引き下がった。

「ふむ。伊予守がそこまで申すのであれば懸念はなかろう。なまじ伊予守を引き止めてはかえって事が露顕するというのであれば、我らとしては同意せざるを得まいな」

三条実量がうなずいてから周囲を見廻す。最も位階の高い三条がうなずいた以上、だれも異論を唱えることはない。これが公家を同志とした時のもっとも拙《まず》いところなのだが、今となってはそうも言っておれない。

「それで、伊予守はいつ播磨に下るのか」

「はい。明日のうちにと算段しております」

「次に相《あい》まみえるのは戦捷の祝宴か。されば当面は別離の宴、今宵は盛大に呑もうではないか」

水無瀬少将が手を打つと、白拍子どもが酒膳やら杯やらを抱えて入ってきた。恐怖将軍の膝元にして密告者のはびこる京の都から離れているというだけで、彼らの精神は著しく弛緩するようだ。宴は瞬く間に乱痴気騒ぎの場と化した。

「いかがなされました。みなが探しておりましたぞえ」

前庭に設えられた池の端にたたずむ三郎に、湖葉が近づいてきた。

「伊予守どのが去るというのなら、そなたも播磨に下るのか」

湖葉は義雅の指図を受けて三郎の身辺を守っている。ということは、雇い主に同道するのが筋だろう。

「いいえ。私はこれから後も三郎さまの警護を致しまする」

領国に去るとはいえ、それは伊予守の在所が変わるだけで赤松家がこの企てを断念するものではない。戦略も伊予守が建てたものを日野資親が受け継いで采配するだけ。つまりは三郎の地位もなんら変わらない。

「ご安心下されませ。湖葉はこれまで同様、おそばを離れませせぬ」

もう一度、念を押すように応える。

「湖葉……」

もはや男として手放すことはできぬなどとは口が裂けても言えない。世間知らずでも、その程度の駆け引きはわかっている。

「されど、伊予守どのが直に采配を取られずとも、策略は安泰なのか」

「それは……」

思わず彼女が眉を曇らせた。やはり同じ不安を抱えているのだ。

「伊予守さまと日野さまが密談なされる場の警護を命じられました」

彼女の語るところでは、伊予守が言うとおり戦略眼といい戦術の知識といい、日野資親に非の打ち所はなく、しかも自らも騎乗のまま太刀を振るうなど、武芸にも巧みなようだ。

「肝も据わっておいでだな」

「はい。公家にしておくのがもったいないくらい。ただそれだけに……」

そうだなと言うかわりに三郎はゆっくりとうなずいた。彼が感じ取ったのと同様に、彼女もまた日野資親と三条実量の仲を案じているのだ。これまでなら妹婿でもあり官位も低い武家の赤松義雅に戦さの采配を任せておけばよかった。三条実量にしても、戦さなど卑しきことにかかわる必要はないと言い切れた。しかし日野資親となら位階もさほど変わらない。文武に秀でたところを見せつけられては妬心も生じよう。二人の態度次第では離反や分裂を招きかねない。

「本当に日野どのに才があるのであれば、大事になる前に手を打たねばなるまいな」

日野資親が軍略の才を兼ね備えた高位の公家ならば、わざわざ三条卿を抱えておく必要はない。

懸念の芽は早く摘んだ方がよい。

「仰せのとおりかと存じます」

湖葉は驚きと喜びがないまぜになったような微笑みを浮かべてうなずいた。

「なんだ？」

「将たるもの、士卒の胸のうちを読み取り、駒のように巧みに操らねばなりません。ましてや三郎さまは総大将たる御身。それが自然に具わって参られたかと思うと……」

彼女は衣の袖を目頭にあてがった。この仕草が男の心に与える機微を計算してのことだ。が、しかし、

「そなたは赤松左馬助という男を知っておるのか」

今日の三郎は彼女の予想を裏切った。欲望を抑えかねて抱き寄せられるものとばかり思っていたのに、相手はなおも話を続けてくる。

「存じ上げております。伊予守さまの申されましたとおり、頭髪は薄く……」

「違う。外見のことなどどうでもよい」

もともと赤松義雅独りで担うはずであった戦略と兵の指揮が、前者は日野資親に、後者は赤松彦次郎に、それぞれ分割して託される。両者の間に立って鎹《かすがい》となるのが左馬助の役目なのだが、そのような重要な仕事を任せるに足る人物かどうか。

あまりの剣幕に湖葉は思わず後退りした。わざと知らぬふりをして試してみるつもりだったのだが、逆に侮られたのではないかと思うと口惜しい。が、伊予守の離脱が三郎に総師としての自覚を促したことは確かめられた。

「ご懸念はごもっともなれど、左馬助さまは赤松家を支える稀代の軍師にございます。三郎さまが総大将の威厳をもってご下知になれば……」

一瞬の躊躇《ためら》いが間合いを生じさせる。と、その時、彼女の右目の隅にほんのわずかな影が映った。気配を探りながら、懐に仕舞い込んだ忍び刀の柄を右手で握った。

「どうかな。左馬助どのはいざ合戦となれば兵馬の駆け引きには長じておるが、深謀遠慮はできぬ質だ。しかも人となりは大雑把ときている。果たして伊予守さまの周到な計略の裏の裏まで理解できるかどうか」

暗闇の中に冷めた男の声が響いた。

「なにものかっ」

三郎が伊予守から献じられた太刀に手をかける。が、湖葉は懐から手を出して彼の拳をそっと包み込み、動きを制した。

「御大将にお目通り願いたい」

「なにゆえに戻ってきたのか」

「おお、そんなに怖い顔をするな。それに女の体臭がきつうて息苦しいぞ」

「な、なんだとっ。姿を見せよ」

これ以上に要らぬことを喋らせたくないと湖葉が苛立たしげに声を荒げる。と、彼らが窺っていたのとは反対の木立の隙間から、夜目にもわかるほどに筋骨逞しい男が現れて片膝をついた。顎の尖った面長な顔に黒々とした眉、その下にはなにものをも見透すほどに澄んだ大きな目が配されている。

「赤松家の家臣にして、石見右近と申しまする」

くっ、そちらにいたのか。湖葉の眸が責めているが、素知らぬ態のまま、

「鳥羽三郎尊秀さまにお目通りが叶い、恐悦至極にございまする」

わざとらしく大仰にひれ伏してみせた。

——そなた、なにゆえに……。

——伊予守より急使が参って呼び戻された。なんでも大膳大夫が帰国するようにと命じたらしいな。

——ああ、まったく、あの蝦蟇《がま》どのには困ったものだ。我らを射殺そうとした時の気概などどこへ忘れてきたものか。すっかり腑抜けの根性なしになってしまったわ。

——ふん。所詮はその程度の男だったということだ。あの件にしても義教の下知を忠実に実行

したまでだ。なにもおのれの判断でしたわけではない。

石見右近と名乗った男と湖葉は声を発することなく唇の動きだけで会話をしている。忍び同士にだけできる読唇の術だ。が、三郎は尋常な家に育ったものではない。

「石見右近とやら。その方、赤松家の家臣と名乗りながら伊予守だの大膳大夫だの、主筋のものを呼び捨てにするとは、一体なにものだ」

「なにっ」

読唇を見破られているとわかって右近が反射的に脛に隠した苦無《くない》に手を遣る。そうと悟った湖葉は間に割って入った。

「鳥羽さまは備前修験道の宗家のお生まれゆえ」

「備前の修験道の宗家だと？」

どうやら右近は赤松義雅から鳥羽尊秀の出自までは知らされていないようだ。

「そうじゃ。冷泉宮さまの皇胤児島家の血を引いておられる」

が、右近は彼女が予想したのとは違う反応を見せた。

「そなたが側に侍りながら後鳥羽院の皇胤か。俺はてっきり……」

「だ、黙れっ」

無駄とわかったので二人は読唇の術を使わず声を発している。

「湖葉、この石見右近なるもの、一体いかなる素性のものか」

ひとり除け者にされたままの三郎がたまりかねたように口を開いた。

「申し訳ございません。これなる男は私と同じ忍びにございます。ただ、赤松家中の石見太郎左衛門さまのお気に召し、猶子となって石見姓を名乗っておる次第」

「なるほど。それでこたびの策ではいかなる役目を？」

「はい。近江の馬借の頭目の許に潜入し、調略につとめておりまする」

「近江の馬借とな」

三郎は眸を宙に泳がせながら身動きするのを止めたが、しばらくして合点がいったとばかりに二度ほど深くうなずいた。

「右近とやら」

すうっと滑るように近づき、

「赤松伊予守が領国に去っても、総大将は変わらずこの鳥羽尊秀だ。天下万民の泰平のため、力を貸してくれよ」

そう言いながら両の肩をがっちりとつかんだ。

同じ頃——

「ふうむ、義雅兄者らしい周到な手じゃな」

赤松左馬助則繁は、膝元の絵図に落としていた視線を上向け、眼光鋭く彦次郎教康を射た。

「城攻めならば、これに勝る策はないかと存じます」

彦次郎は臆することなく、切れ長な双眼の奥の眸を光らせる。筆で刷いたような柳眉と筋のとおった鼻梁、薄い唇ながらきりりと引き締まった口許と相まって、絵に描いたほどの白皙《はくせき》の美男だ。

「とはいえ、公方を謀殺して幕府を転覆させるには気迫に欠けるわな」

いざ事を起こす段になって連携に支障が出ればなにもかもが台無しになってしまうし、かといって連携に気を遣いすぎては水が漏れ出す危険が高まると言いたいのだろう。

「公方暗殺と倒幕などという大事は密を厳にして大胆にあれ、との仰せにございますな」

「ふん。あの蝦蟇親爺の嫡子とは思えぬ度量じゃな」

甥とは対照的な容貌をした左馬助が満足そうに頬を緩めた。

「叔父上のご計略はいかに？」

「簡単なこと、坊主将軍をこの館に招き、ひと思いに殺るだけじゃ」

「なるほど」

わかったような口を利きながらも彦次郎は左馬助から目を逸らそうとしない。返事とは裏腹に明らかに納得していないとわかる。

「まあ、そう怖い顔をするな」

則繁がにやりと笑う。甥の反応は予期したとおりで彼を満足させたのだろう。

「京は攻めるに易く守るに難い。往古《いにしえ》より言われてきたとおりだ」

源平の頃より京を戦場に選んで守りきれた例はない。伊予守義雅の戦略は、なるほど将軍を倒して幕府を乗っ取るまではできよう。しかしその先が問題なのだ。

「義雅兄者は諸大名を説得し、鳥羽尊秀なる新たな将軍を立てて戦さをせずに事を収めるというておるが……」

諸大名の多くが将軍義教に恨みを抱いている。それを赤松が単独で討ち取ったのだから、彼らも赤松の主張を呑まざるを得ないはずだというのだ。

「されど、それが片づくまでの間、近江の馬借どもを味方にし続けるのは至難の技じゃ」

「利をもって釣るには限度があると？」

「義雅兄者の策を成し遂げるには時間がかかる。そして時間がかかればかかるほど奴らを増長させるだろう」

新たな火種になることは必至じゃと、声には出さないが態度が物語っていた。

義雅の戦略は、領国から呼び寄せた赤松勢によって京の七口を封鎖する一方、義教の施政に憤懣を抱く近江の馬借をもって兵站の確保を支援させる。他方、洛中では公方さま守衛の名目で集めた在京の赤松家の手勢により室町御所を急襲して将軍義教の首級を上げようというもの。京を外から包囲する軍勢は都のうちの叛乱軍と呼応して通路を絶っているのだから、変事を知った諸大名も領国との連絡がとれず手も足も出ない。そうして諸大名の反撃を封じている間に赤松主導で新政権を樹立しようというのだ。

しかし、諸大名の意向をまとめきれずに時間を費やせば、その間に密使を放って国許から援軍を呼び寄せる大名も出てこよう。決起の時点で在国している大名がいれば兵を率いて上洛を試みるだろう。馬借はその機動力をもって赤松の軍兵を自在に適所に運ぶという大役をも担っている。成功すれば赤松を勝たせたのは自分たちだと、過大な期待を抱くようになろう。左馬助は武士でもない輩の発言力が増すのを懸念しているのだ。

「されば、京にいる赤松の手勢だけで公方を殺る。この館に誘い込んでしまえば領国の兵を動かす手間もかからない」

義雅の策では赤松勢を京の郊外の随所に隠しておかなければならない。それもまた露顕する芽だというのだ。

「されど小勢で公方を討ったところで、幕府の軍勢に囲まれてしまってはお仕舞いでしょう。義教と刺し違え、館を枕に全員討死という結末ですか」

到底同意できないという面で睨みつける彦次郎に、

「ふん。この左馬助がたかだか坊主将軍を相手に左様な犬死をすると思うてか。策はすでに義教が自ら蒔いてくれているわい」

則繁は愉快でならぬと破顔してみせた。


数日の後、三郎は湖葉に伴われて水無瀬から伏見郊外の日野家別邸に居を移した。

赤松義雅が領国に去ってから、密会の宴の数は目に見えて激減した。不審に思った湖葉が赤松館を訪ねても、彦次郎や左馬助は露骨に嫌な顔をしてみせるようになり、最後には居留守を使ってまで面会を拒むようになった。そうなると、水無瀬少将の彼ら二人を見る目が変わってきた。もともと三条と水無瀬の兄弟が密謀を企てるに至ったのは赤松義雅と姻戚であるからであって、原因ともいうべき義雅が都を去り赤松家も義雅の立てた策を実行する意思がないのであれば身に危険が及ぶこともない。三郎たちを匿って面倒を見てきたのも義雅の策略に必要だと思えばこそ。それがなくなれば彼らは厄介もの以外のなにものでもないのだ。身の置き所を失った彼ら二人には、義雅が策を託したという日野資親を頼るほかに術がなかった。

「こちらにおわすお方は後鳥羽院の皇胤にして鳥羽三郎尊秀さま。それと侍女の湖葉どのにございます」

日野資親は事実上家督を嗣いだも同然の身であるから、光子亡き後は病み呆けてしまった老父にかわって洛中の本邸に居住している。さすがにその館に迎える訳にもいかず、老父が養生している洛外の別邸に招き入れたのだ。

「鳥羽さま。これなる法体がわが父日野有光にございます」

三郎は軽く辞儀をしたものの、相手は聞いているのかいないのか、それよりも居眠りしているのか起きているのかも定かでない。

「ゆえあって、しばらくご厄介になり申す」

彼の方から声をかけたが、

「ああ……」

ぼそりとつぶやいたきり、黙り込んでしまった。

「では、鳥羽さまはこちらへ」

儀式は済んだとばかりに資親が促す。こくりとうなずいて立ち上がった三郎は去り際にもう一度目を転じたが、法体は息絶えているのではないかと見紛うほど、肩を落としてうな垂れたまま坐っている。

――さあ、もう参りましょう。

気にすることはないと湖葉が背に手をかけて目顔で促す。小さくうなずいて彼は資親の後を追った。

「なにぶん手狭な屋敷ゆえ、ご不便かと存知ますが」

案内されたのは邸内の東の隅。渡廊の様子からみてなん年か前に建て増しされたようで小さな持仏堂まで隣接していたが、近頃人が使っていた気配もない。

「日野どのには厄介をかけることになり……」

「それは仰せになりますな。伊予守どのの仲立ちでお会いできたのもなにかの縁にございますれば」

三郎が頭を下げようとするのを両掌で制する資親の表情には、なるほど一片の翳りもない。

「されど、もはや我らに価値はないはず。それなのに」

湖葉がつけ加えたとおり、倒幕の志を捨てていなくとも赤松には三郎を旗頭に据える算段はなきように思える。彼女はいくたびか、勝手知ったる赤松館に忍び込み彦次郎らの様子を探ってみたが、彼らの口から鳥羽尊秀の名は一度も聞かれなかった。となれば、縁も所縁《ゆかり》もない彼らを匿っておく意味などないはずだ。

「価値などと、湖葉どのは悲しいことを言うものだ。私はあなた方を利用しようなどとは微塵も思っていない」

「とは申せ……」

「なるほど、赤松が倒幕の志を捨てていなければ、いつかは公方の首級を挙げることでしょう。されどその後はどうなりましょうや」

その後と言われても、と言葉に詰まった湖葉がうなだれた。

「伊予守どのは鳥羽さまを将軍となし、新たな幕府を樹てようとしていた」

左馬助はなるほど優れた軍略家ではあるが、それが生かされるのは戦場においてのみ。世を刷新する。その義雅の意志に共感したのに、今の赤松はその後の政事をいかに取り計らうかまでは考えが及んでいないという。どうやら義雅の退去に当たり、日野資親は左馬助や彦次郎と密談を交わしたのだろう。そして赤松の行く末を見限ったのかも知れない。口には出さなかったが、態度から察することができた。

「私の見るところ、赤松は将軍義教の暗殺に成功しても足利の血を引く連枝を将軍に迎え、かつての北条氏のように管領の職を世襲して独占しようとするのみ。それでは世の中はなにも変わりません」

さほどの時をおかずに、擁立された将軍が再び義教のごとくに振舞うか、赤松に従うのをよしとしない細川や畠山や山名といった有力な諸大名が足利一族のだれかを担いで兵を挙げあちこちに自称将軍が乱立するか、いずれにせよ天下は麻の如くに乱れることだろう。資親は遠くを見詰めながら語っているが、その眸には近い将来に訪れる戦乱の世がはっきりと映っているようだ。

「日野どのの理想はいかに？」

「武家も公家も贔屓のない扱いを受け、心安らかに日々を暮らせる世。今のような縁故と恐怖の政事など愚の骨頂」

三郎の問いかけに応える日野資親の態度を見て、湖葉の眸が怪しく光った。

「そのためには単に将軍義教を斃すだけでなく、幕府そのものをひっくり返さねばならぬと仰せでしょうか」

三郎を差し置いて湖葉が膝を進める。

「うむ、確かに今の足利幕府は倒さねばなるまい。されど……」

今となっては武士を束ねるのに幕府という存在は不可欠だという。

「それならば今の世と……」

代わり映えしないではないかと、彼女の語調が厳しくなる。が、日野資親はそれを受け止め、武士が武士だけで世を治めるのではなく、幕府と朝廷に民衆が力を合わせて世を治める体制こそ理想だと述べた。

「そんなものは絵に描いた餅。公家は武士を走狗と見做し、武士は公家を無能と罵る。ましてやそこに民の衆が入り込む余地などございません」

耳を傾けたのが愚かだったと、湖葉は失笑を浮かべてそっぽを向いた。ところが、

「そのような、すべてをまとめて天下の政事をしろしめすことができるのは」

目を瞑り黙り込み自ら日野資親になりきって考えていたのか、三郎がようやく口を開くと、

「いかにも。帝におわす」

資親が端的に応えた。

武家、公家、民衆。互いに異なる三者にそれぞれの力を存分に発揮させて乱れた世を正すには、しかもどれひとつとして力で押えこむのではないとすれば、三者から超越した存在でなければならない。それを実現できるのは、この国に万世一系で伝わる帝の神秘性と徳をもってするしかない。日野資親は決して力説しているわけではないのだが、述べるところは二人の胸にずしんと響いた。

「さりながら、いかに帝とは申せ……」

武家と公家を協調させるに帝の権威をもってするのは理解できる。しかし、その場に民を招くとなると民を虐げ搾取してきた両者が揃って異論を唱えるだろう。それをどう解決しようというのか。日野資親が口から出任せを言っているようには思えないだけに聞いてみたい。

「それは簡単。民の力を見せつければよいのだ」

湖葉が理解しかねて目を丸くするのとは対照的に、三郎は我が意を得たりとばかりにゆっくりうなずいた。どういうことか、おわかりですかと目顔で問う資親に、

「武家をも凌ぐ群衆の力を示せばよい」

三郎は直ちに答え、

「阿呆なことを。弓矢に刀槍を携えた武家を凌ぐ力など民にはあり得ない」

あきれたように口を挟む彼女を黙殺したまま、

「石見右近だ」

低い声でつぶやいた。

民衆の願いは安心して暮らせる平和な世。武家や公家のようにたちどころに互いの利害が複雑に絡み合うことはないから、目的に向かって力を結集させるのははるかに容易なはずだ。それを近江の馬借に煽動させる。赤松義雅の蒔いた種を使って彼らの力を見せつけ、彼らをして民百姓を説かせれば、決して不可能ではないはずだ。

「赤松が自らの力だけで公方を討つというのであれば勝手にすればよい。私は私の知力で幕府をひっくり返してみせる」

それまでに見せたこともないような、ぞくりとするほど冷たい微笑みを日野資親が浮かべた。

賓客を迎える緊張感をだれもが抱いているせいか、それとも彦次郎のほかにはわずかなものしか知らない大それた密謀の気配がそうさせるのか。ついさっきまでの慌しさはすっかり鎮まり、木の香も芳しい新築の館も東山を借景にした美しい林泉も薄い霧に覆われ、雨音のほかにはなにも聞こえなくなっていた。

「若殿……」

濡れた若草を踏み締める音が近づいてきて、彼の少し手前で止んだ。

「ほどなく鴨が舞い降りてきますな」

赤松家でもっとも腕の立つ安積監物が、その容貌に不釣合いなほど愛らしい唇を彦次郎の耳許に近づけ、いつになく小声でつぶやいた。

「もう少しの辛抱だ」

「はっ、姫さまの仇はこの手で必ず」

ああ、と振り返ることもなく応えた彦次郎は、懐深くに忍ばせた小さな地蔵尊を直垂の上から握り締めた。刹那、鬱憤が殺意へと昇華し、いく月か前の光景が目の前に浮かんだ。

その頃、庶流の伊豆守貞村が娘を将軍義教の側室に差し出したことに焦りを感じた父満祐は彦次郎のすぐ下の妹を室町御所に出仕させようとしていた。

「正気の沙汰とも思われませぬ。これではまるで生け贄に供されるようなもの。父上はわが娘を人身御供にされるおつもりですか」

口を開けばお家大事を繰り返す父への反発もあって、彦次郎は断固として反対したのだが、

「兄上、父上、もう止して下さいませ。私は赤松の家に生まれたのです。女であってもお家のお役に立てるのなら本望です」

「そなた……」

垂れ気味の目尻をいっそう下げて哀願する妹の潤んだ双眸に気勢を削がれた彼は、勝ち誇ったようににんまりと笑う父から目を逸らせたまましぶしぶうなずいた。

——あの時、断固として譲らなかったなら……。

将軍御所へと向かう輿に乗り込む前に振り返り、にこりと微笑んだ妹の姿が瞼の裏から消えぬ間に、彼は激しい悔恨に襲われた。

「じ、自害しただと？　妹が死んだというのか」

別れ際に与えたはずの地蔵尊が、目の前に広げられた袱紗《ふくさ》の上に安置されている。

——なにゆえだ。まさか義教めに手討ちにされたのではあるまいな。

地蔵尊に問うてみる。が、それはなにも語らず、ただ静かに微笑みを湛えているだけだ。

——わからぬ、わからぬぞ。なにゆえあんな奴のために……。

ぎりぎりと音が鳴るほどに奥歯をかみ締めた。そうでもしないことには噴き上ってくる怨憎を封じ込められない。が、

「まさか、まさかこんなことになろうとは……、思いもよらなかった」

そばから聞こえてきた父のつぶやきに、彼の心の堰はあっけなく破れた。

「なにを仰せになりますことか。それがしがあれほど反対したではありませぬか」

それでも父上は妹を御所に上げると言って譲らなかったと睨みつける。

「わしが？　どうしてわしが可愛い娘を進んで人質に出すようなまねをしようか」

あれはあの子の、娘としての孝心とお家への忠義から出たもの。女の身でありながらお家を想う赤誠《せきせい》を、惣領たるおのれがどうして留められようかとつぶやく。

「この期に及んで、まだそのような……」

口腔の中に汐の味が広がった。

「わしを責める前に彦次郎よ、そなたこそ、かようになるかも知れぬと危惧していたのなら、なにゆえに最後まで引き止めなかったのか」

妹が聞き入れなければ幽閉してでも諫めるのが兄の役目であり、惣領たる父の立場を慮ってよろしきように取り計らうのが嫡男の務めではないのか、などと本気で開き直る。さすがに気がとがめたのか、語尾は濁って聞きづらかったが、指図はしても責を負いたくないという本音が如実に感じられた。

――もはや言うても詮はなし。

彦次郎は今は形見となってしまった地蔵尊をそっと取り上げて懐に仕舞い込むと、ひと言も発せずに黙って立ち去った。

「それで、そなたはこの叔父になにをせよと言うのじゃ」

左馬助則繁は、まっ蒼な顔で目を引き攣《つ》らせている甥を軽く揶揄してみせる。同じ叔父ながら、日頃は伊予守義雅に親しみを感じていて独りで左馬助を訪ねるのも初めてなだけに、彼も負い目は感じていた。

「はい。叔父上ならばそれがしの想いをわかっていただけるのではないかと存じまして、合力をお願いに参りました」

「ほう、されど知力においては義雅兄者ばかりか、そなたにも適わぬぞ」

戦さ以外に手伝えるものがないのは、そなたも承知の上だろうと暗に告げているのだ。自らそうとわかっているとすれば、案に相違してこの叔父は人の心の機微を計るに敏なのかも知れない。

彦次郎はすっと面を上げ、眉ひとつ動かさず、

「一刻も早く、将軍義教の命を、この手で奪いとうござる」

「義雅兄者の策を捨てて、わしの建策に乗り換える決心がついたのか」

「これから先の赤松家がどうなろうと知ったことではない。ただ今この時も義教が室町御所の中でのうのうと生きているのが、いや息をしているのさえが、それがしには許せぬのです」

どのみち義教を斃さなければ赤松家は生き残れない。その後のお家の行末は残されたものが考

えればよい。ならば早々に実行あるのみ。彦次郎が唾を飛ばしながら捲し立てるのを黙って聞いていた左馬助であったが、やがてにやりと笑いながら立ち上がり、小机の上の文箱から絵図を取り出してきた。

「これは」

「そうじゃ。そなたが移り棲んだ新築の赤松屋形の図面じゃ。よいか、まずは将軍を招く。そしてじゃな……」

白扇の先で絵図を指しながら左馬助が立て板に水のように仕掛けを説いていく。おそらく頭の中で描いた筋書きでは数え切れないほど義教の首級を獲ったことだろう。

「合戦というものはのう、逸《はや》っても失敗《しくじ》るが時機を失しては元も子もなくなるんじゃ」

聞き終えて顔を上げた彦次郎にむかってゆっくりとうなずく。胸のうちにこんな大計を秘めながらもなにくわぬ顔で将軍の近侍をつとめている小柄な叔父が、とてつもなく大きくて頼もしい存在に感じられた。

数日後——

「今年はわが新邸の庭池に子鴨がたいそう生まれました。親鴨について泳ぐ姿がまことに愛らしく、それはそれはおもしろうございますゆえ」

諸敵退散のお祝いをかねて是非にもお渡りいただきたいと、彦次郎は左馬助に口伝されたとおりに奏上した。

「ほう、鴨がのう……」

なにを想像したものか、義教は室町第の上座でにやりと唇をゆがめ、

「諸敵退散とは目出たき物言いをするものかな。よかろう、楽しみにしておこう」

一抹の疑念を抱いた様子もなく、その場で応諾した。

そして今日のこの日を迎えたのだ。

「御所さまのおなりぃ」

懐の奥の地蔵尊から手を放すと、彦次郎は門前へと走った。

先駆けの走衆の声が邸内に響いてからどれほどの刻が経っただろうか。居並ぶ赤松家中が深々とひれ伏す中をゆっくりと歩んでくる義教の姿が目に映った。細川や山名、京極や大内といった諸大名ばかりか、舅に当たる三条実雅という公卿まで引き連れたその顔は、ま正面を向いたまま赤松家中のだれにも目を遣ることなく、光栄であろうと言わんばかりに身を反り返らせて御座所につく。それを合図に杯が廻り、能舞台では猿楽が始まった。

やがて一刻。三条実雅こそ頬を赤らめて上機嫌で義教と談笑しているが、細川や山名ら幕府重臣は酔って逆鱗に触れてはならじと宴の席でも戦々恐々としている。そんな気分を映したかのよ

うに、小雨ばかりはようやく上がりはしたものの雲は低く垂れ込め、風が再び唸り声を上げて吹き荒れ出した。篝火の炎が激しく揺らめいてだれかれ構わず面相に陰影を刻みつける中、舞台では三番目の鵜飼が始まった。

と、その時、館の奥からまるで暴れ馬が狂奔したかのような喧騒が伝わってきた。

「なんの音か」

義教の問いかけに、酩酊してどろりとなった眸を向けた三条実雅が、雷鳴でしょうと応える。が、納得した素振りはない。次の瞬間、

「赤松彦次郎っ」

癇症らしくこめかみに青筋を浮かび上がらせた義教が、粗相をするなと叫ぶかわりに射るような視線を投げつけた。と同時に、義教の側近くに侍る走衆が憐憫のこもった顔を向ける。居並ぶだれもが、将軍の怒りに触れて縮み上がる赤松家の嫡男の姿を思い描いた。

が、あらゆる予想に反して彦次郎は視線を逸らせ、うつむいたまま不敵にもにやりと口許をゆがめた。

——ぶ、無礼ものめっ。

そう叫ぼうとした唇が開き息を吸い込んだ刹那、安積監物を先頭に鎧兜に身を固めた精兵が明障子を突き破った。

「悪将軍、覚悟っ」

踊りこんできた監物は有無を言わさず義教の両腕を捉えて捻り上げ、背後から両の肩を押さえて御座所の畳に顔を押しつける。

諸大名から公家、そして帝に至るまでの万人を恐怖に陥れた悪将軍が、こうして自らの手足を動かす自由さえ奪われている。頸筋に刃をあてがわれ、この世で最後の光景を眸に映しているであろう義教は、間近で見れば背丈など彦次郎よりはるかに低く、痩せぎすで貧相な軀をしている。いつもは妖気を帯びて神経質そうに光る双眸も、今は主人に拳を上げて見せられた子犬のようにおどおどと哀れみを乞うている。

「我らの欲するは悪将軍の首級ばかりなり。いざ、落ちられませ」

突然の悪夢を見せつけられて動けずにいる供奉の衆に向かって左馬助が呼びかけ、さっと手を振って軍兵に退路を開かせる。細川と畠山は互いにうなずきあい、将軍を置き去りにして逃げ出した。

「見たか。あれがおのれの所業のもたらした結末じゃ」

終始黙ったままの彦次郎に代わって左馬助が静かに義教に引導を渡し、安積監物に向かって無言でうなずいた。

「姫さまのご無念、思い知れっ」

太刀が振り下ろされる。短い断末魔の叫びを残し、血まみれになった義教の首級が床に転がった。

「おのれ、よくもわが婿どのを」

背後で声にもならぬ喚きを聞いて我に返った彦次郎が振り向きざまに太刀を薙ぐ。相手がだれだったのか、どこを斬ったのか、そんなことはどうでもよい。この至福なはずの刻を邪魔するものは消さなければならない。そのはずだった。しかし現実には、

——こんな奴のために……。

御座所の畳を朱に染めていく血潮を眺めながら一族眷属《けんぞく》の生命を賭けた決断に一抹の疑念が生じた。懊悩と称して家臣の館に引き籠っている父満祐は、

「わしは将軍家を弑逆《しいぎゃく》するなどとは一言も聞いておらぬぞ。その方どもが勝手に仕出かしたのじゃろう」

顔をしかめ、耳を塞いで叫ぶに違いない。惣領としては口の端に乗せることさえ憚られるはずだが、今の彼にはなぜだかそれが許せるような気がした。

——肩の力を抜くべきだったのかも知れぬ。怯えていたのは父ではなく、この俺の方だったのかも知れぬ。

あちらこちらで無意味な殺戮《さつりく》が繰り返されている。守るべき将軍はすでに討たれ、逃げ口まで

つくってあったのに、走衆をはじめ義教によって取り立てられたものたちの中には逃亡するのを潔しとせず、踏み止まって無謀にも刃を向けてくるものがいるようだ。が、彦次郎はそんな輩に目も向けず、抜き身の交わされる中をすり抜けて池の端に歩み寄った。

——そういえば、今朝から鴨の姿を見かけないな。

ほんの少し前までの充実感とは打って変わって妙に白々とした心を占めているのは、いかにして生き延びるかという算段だけだった。

蔀の隙間から吹き込んでくる風が灯火の炎を激しく揺らす。どうやら外は嵐のごとくに荒れているようだ。

「ずい分と……」

なにか話しかけようとした湖葉が、戸外の気配を読み取ろうと口をつぐんで耳を凝らす。ここひと月の間、彼女は日野資親の懇請をうけて鎌倉公方が滅亡した後の様子を探るため関東に赴いていて今宵帰京したばかりなのだ。

その湖葉がゆっくりとうなずいて顔を上げた。確信を得たに違いない。なにごとかを告げようと口を開きかけたその時、

「今のは鬨《とき》の声のようだな」

三郎が先にぼそりとつぶやいた。

――赤松だろうか。

目顔で意思を交わす。互いにうなずくと同時に湖葉が立ち上がった。

大和街道を駆け抜け山階から粟田口を経て洛中にたどり着くや、途端に異様な殺気が彼女の全身を包んだ。奔りながら夜目を凝らすと、辻では統制を失った武士どもがあたふたと行きつ戻りつしており、乗り手のいない騎馬が駈け抜けていく。

――殺ったのか。

いかに緊急事態であっても義教は無秩序を最も忌み嫌う。失敗っていれば一糸乱れぬ幕府軍が叛乱軍の鎮圧に向かっているはずだ。ただ、総大将であるはずの三郎はなにも知らずに洛外の日野邸にいる。

――よし。向かうは赤松の館。

どのような手違いが生じているのかもわからない。もともと伊予守義雅が練った策では在京の赤松勢をもって室町御所を襲う手筈になっていた。ところが無秩序なだけのこの様子からして合戦には至っていないのだろう。勘と経験が彼女の足を赤松の館へと向かわせた。

ほどなく館の陰が見えてきた。やはりな、という言葉を飲み込んで更に近づく。篝火は倒され衛士の姿もない門から、わらわらと武士が逃げ出してくる。が、幕府の軍勢によって攻められたような形跡はない。

湖葉は築地塀をひらりと乗り越え、新築の檜の香も芳しい客殿の屋根裏に忍び込んだ。混乱する邸内に侵入するなど彼女にとっては雑作もない。京を離れていたひと月が今となっては惜しくてならない。が、過ぎ去った刻にこだわっていても仕方ない。あっさりと切り替えて状況把握につとめた。

——これは……。

宴席が一瞬のうちに修羅場に変わった様がひと目でわかった。蹴散らされた膳に瓶子と杯、鞘や抜き身に混じって惨殺された遺骸が転がっており、血飛沫の痕もあちこちに残っている。その中でもひと際大きな血溜まりの中に美麗な衣装を身に着けた小柄な亡骸が放置されていた。

——義教だ。

他の被害者と違い、それだけは首級がなかった。

ここまで見届けた上は長居をしても無用だ。湖葉は身を翻して赤松館を脱出すると直ちに日野邸に向かって駆け出した。と、

——湖葉っ。

同じ速度で、いやむしろ相手は少しばかり手加減をしながら、並んだ影があった。

——右近か。

口惜しさを隠そうともせずに応える。

——俺以外にだれがいようか。

揶揄されているのがわかって尚更に腹立たしい。

——そなたの相手をしている暇などない。

——ふん、さようなことはこちらから願い下げだ。それよりなにゆえ赤松の裏切りを報せなかったのか
——なにっ。

彼女は目を瞠った。近江にいた右近が東国に下っていたおのれと同じ時期にしか情報をつかめなかったのはなにゆえか。

——どうやら日野家にはなんの相談もなかったらしいな。

——今宵、赤松館に公方が招かれていたのも知らなかったのか。

——私は……。

継ぐべき言葉が見つからぬまま、日野邸に行き着いた。

「後のことは中で話そう」

彼はそういい残すと三郎の住まう離れに最も近い塀をひらりと乗り越えた。後を追って邸内に入り、廂に腰をかけて足の土を拭う。相変わらず風は強く、蔀はぴたりと閉じられたままだった。

「湖葉にござります。ただ今戻りました」

嵐にかき消されぬよう、鋭い語調で告げる。

「石見右近どのも同道なされてか」

彼女が洛中に探索に出向いたのと入れ違いに別邸にやってきたのだろう。中から扉が開かれて日野資親が姿を現した。

「お報せがなかったもので、様子を見て参りました」

上目遣いに睨む仕草に皮肉が満ち溢れている。

「そうか。それはすまぬことであったな」

口では詫びているが、表て面だけなのは明らかだ。

「日野さまは伊予守どのより策謀の一切を引き継がれたのではなかったのですか。ならばなにゆえに」

腰を下ろすなり、右近は床に拳を叩きつけて怒鳴り散らした。

「私もひと言申し上げてよろしゅうございましょうか」

右近に呼応するかのように湖葉が鋭い視線を射かける。が、そのどちらも資親にとっては予想したとおりであったらしい。

「我らは赤松とは袂を分かった」

彼らの聞きたかった結論をあっさりと口にした。

「関東の事情を探りに行ってもらったのも、その方を京から離しておくための方便だ」

返答を聞いて湖葉が唇を噛む。その背後では、さもありなんと右近が目を細めていた。

「経緯を知りたかろう」

前もって相談を受けていたのか、それとも自身もまたついさきほどまで知らなかったのか。黙って坐りなりゆきを見詰めていた三郎がやわらかな微笑を浮かべて語りかけた。田舎育ちの世間知らずが、水無瀬に滞在するうちに武家と公家の心を理解し、都近くに移ってからは雅な立ち居振る舞いを身に着けた。上洛して一年、将軍にも親王にも見えるほど、彼の姿は変貌していた。

「断交を申し入れてきたのは赤松の方なのだ」

「なんと……」

湖葉も右近も、今ここにあるのは赤松伊予守の意思によるもの。しかしなんの報せもなかったのは、雇い主であるはずの伊予守から彼らは手指のひとつほどにも見られていなかったのか。

「そなたたち二人の身の上は、この三郎が乞い受けた」

忍びが自らの意志で雇い主を裏切るなどあり得ない。それだけにひと言の断りもなく捨てられたと知ってさすがに動揺を隠せなかった。が、その心の機微を透かし見ているかのように、三郎が一片の書状を広げてみせた。

——甲賀忍びの湖葉、並びに当家家中石見太郎左衛門が猶子右近の儀、鳥羽公に相違なく譲り申し候。

見慣れた伊予守義雅の筆遣いと花押が墨跡も鮮やかに記されていた。

「されば殿さまにお伺い致しとうございます。赤松の申し入れて参りました断交の理由とはいかなるものにございましょうか」

右近は早くも頭を切り替えたようだ。

「それは私から話そう」

黙って様子を窺っていた日野資親だったが、ようやくおのれの出番とばかりに膝を進めてきた。

「ひと言で申せば戦さの仕方を変えたというわけだ。赤松は倒幕ではなく幕府の再興を志すと言い切ってきた」

つまり、今の悪将軍義教は斃すが、初代尊氏と赤松家中興の祖円心入道の故事にちなみ、尊氏の庶長子の血を引く禅僧を還俗させて将軍に推戴するという戦略に変更したのだという。あくまでも足利幕府は存続させ、自らもまた重臣であり続ける。管領の筆頭となるだけか、あるいは鎌倉北条氏のように管領職を独占して世襲するか、少なくともこれまで以上に幕府における赤松の位置を上昇させるのは間違いないだろう。しかし鳥羽尊秀という後鳥羽院の皇胤を将軍とする新政府を樹立して世の中を変えようとしていた伊予守義雅の策は著しく矮小化されてしまった。

「細川や畠山、それに山名らの諸大名をどうやって跪《ひざまず》かせようとしているのか、赤松の勝算は定かでないがな」

資親がふっと失笑した。足利幕府の体制を維持しながら、将軍家一門として管領職についてきた細川、畠山、斯波を凌ぐのは容易ではない。しかも領国を接する山名は赤松の隙を虎視眈々と狙っている。しかし倒幕の実行部隊を指揮する左馬助則繁が、遠大なる計略を企てているうちに義教によって赤松が潰されては元も子もないと説き、家中をまとめてしまったらしい。

「つまり、我らは赤松から切り捨てられたのだ。そなたたちの身柄を乞い受けたとはいえ、この鳥羽三郎自身も日野どのに厄介にならざるを得ない」

聞き手に廻っていた三郎が自嘲しながらつぶやいた。

厄介などと畏れ多いことを、と応えるかわりに資親が頭を垂れる。すでに二人の間ではなんらかの黙契が交わされたらしい。

「されば日野さま、これからいかなる道を進もうとされているのか、お聞かせ願いたく存知まする」

右近が遠慮もなく膝を進める。資親の顔から微笑みが消えた。

「確かに赤松の方から日野との密約を解消すると申し入れてきた。とはいえ、伊予守どのは納得しておいでではなかったと考えておる」

確かに赤松との縁は切れたが、策を立てた赤松義雅の新しい国造りに共感した気持ちは変わっていない。だからなんとかその志を継承したいのだと、資親は力を込めて説いた。

「されど、伊予守さまの目的とて将軍義教を斥けて赤松家に安泰をもたらすことであったはず。義教暗殺が実現した今となっては強いてその、新しき国造りになど……」

右近に続いて湖葉も詰め寄った。

「なるほど。今となっては伊予守どのの変心はあるかも知れぬ。されど尊氏の後裔を探し出してきて幕府を再興してしまっては、結局なにも変わらない。それでも伊予守どのが変心なさったというなら……」

資親がゆっくりと三郎に視線を移す。

「伊予守どのも含め、赤松を敵に廻すことになっても足利幕府を滅ぼし、その大義名分の拠り所たる北朝を廃する」

倒幕と北朝廃立。湖葉は茫然としながらも、感情のこみ上げてくるのを必死で堪えている。北朝を廃するとはすなわち南朝の再興。南朝の忍びの残党である彼女は幼少の頃からの悲願に再び挑めるのだ。

「されど北朝を廃して南朝を再び立てるのは……」

どこか割り切れぬといった顔でつぶやく右近に、

「なにも後醍醐帝の御代を再現しようというのではない」

懸念は無用とばかりに資親がつけ足した。

足利将軍とそれを支持する北朝によって支配される今の世を変えるためには、別の将軍と皇統を立てなければならない。そこに武力が備わっていれば血筋にこだわる必要はなかろう。しかし皇統は容易ではない。将軍は、天皇家そのものを廃するのは言うまでもなく、北朝でも南朝でもない、新たな朝廷を樹てるには朝臣ばかりか民百姓にも抵抗があるだろう。隣国とは違い、この日の本の国の天子さまの御位は万世一系であり、信仰にも通じるそれは千年以上に渡ってこの国に生を受けたものの血の中に溶け込んでいるのだから。

「ひと息に皇家を廃するのは困難だ。それゆえ血脈こそつながっているものの政事を行える状態にはない南朝の皇胤を戴き、一旦は新しい朝廷をつくる」

「ということは、時期を見て皇家を廃すると？」

「それから先は民の心次第。この国に帝が不要かどうか、それは先の世に生きるものが決めればよい」

ただ、生きているうちにおのれの手でできる範囲の構想を実現するためには、幕府の後ろ盾を得て朝廷という政体を保っている北朝を滅ぼし、実質的な機能を伴わず血脈だけは間違いなく後醍醐のそれを引く南朝を立てておく方がよいというのだ。

「されば皇統を南朝とし、後鳥羽院の皇胤にして臣籍に降下されておわす源尊秀公を将軍とする。これが新しき世の枠組みだ」

資親は遠大な構想がもはや成ったかのように顔を紅潮させている。しかし忍びの身の上の二人には実感のない夢にしか思えない。なぜなら、餅の画は描けても現実に臼も杵もなにもないのだから。

「そなたらの言い分はわかっている。南朝の皇胤と同じく、予にも手勢がない」

武力を持たぬ将軍など笑止千万だと苦笑してみせながらも、一方で三郎はなお屈託のない顔をしている。

「三郎どの、あいや殿の策はいかなる……」

不審を口にする右近に向かって応えたのは、しかし三郎ではなく資親だった。

「近江の馬借の力を借りたい」

「馬借の……？」

繰り返す右近に向かって、今度は三郎が、

「武士ではなく民の力によって将軍になる。それを予は望んでいる。それこそが新しき世の夜明けだと」

どうやら伊予守義雅の描いた戦略を元にした新しい策が、資親と三郎の間で出来上がっているようだ。聞かせて欲しいと目顔で訴えると、三郎は背後から絵図を出してきて、四人のまん中に広げた。

「幕府は今から逆臣赤松満祐討伐の軍勢を編成し、播磨に大挙して押し寄せるだろう。今のところ東に後顧の憂いはない。されど幕府の中が割れている」

都のどまん中で将軍を自邸に招いて暗殺するなど、赤松だけで企てられるはずがない。暗黙の了解をしているのは細川か畠山か、はたまた山名か。幕府重臣は早くも互いに疑心暗鬼に囚われ、自らの保身に余念がない。これは赤松義雅の描いていた戦略にもあった。伊予守の志を受け継ぐという日野資親の言葉は現実に生かされていた。

「されば……」

右近が膝を進める。

「おそらくは、討伐軍の編成は遅々として進まぬはず。今からそなたが近江に立ち戻り、馬借や百姓らを説いて廻るだけの時間はある」

自衛のための兵を討伐軍として差し出すなど、いかに管領の細川が命じようと諸大名は容易には応じない。おそらく赤松側もこの伊予守の戦略はそのまま用いたようで、京を退去する際に諸大名の中に内通しているものがいるらしいとの噂をばら撒いているから尚更だ。しかも悪将軍と呼ばれるほどの強権を振るって恐怖に陥れられてきただけに、なにはともあれまずは義教の仇を討とうなどという動きはまったく見られない。

「それでもやがては討伐軍が編成されましょう」

「いかにも。とはいえ、赤松が拠るのは堅固で名高い白旗城だ。容易く落ちまい。戦さが長引けば天下の耳目は播磨に集まる。近江にて多少の画策をして廻ったところで目立ちはしない」

三郎は次々に繰り出される右近の疑問になんなく応えていく。手勢こそいないが、大将としての器は備わっていると見えた。

「無論、事は隠密を必とする。赤松と幕府の戦さがのっぴきならぬところまできて、京ががら空きになった間隙《かんげき》を突かねばならぬ」

赤松との連携の必要がないだけに都合がよい。兵さえ揃えばあながち不可能な戦略ではない。

「ひとつ、お訊ねしとうございます」

ここまで黙して語らなかった湖葉がようやく顔を上げた。

「万が一にも赤松が幕府軍を打ち破って上洛してくることになれば、いかがなされるおつもりでしょうか」

経過がどうあれ、南朝の再興を第一とする彼女にとってはなによりの関心事だ。赤松の戦略は足利幕府の創り直しであって北朝の廃立は慮外だ。

「それまでに我らがこの京の都を民の力で制圧できているか否かによって戦略は異なるだろう」

三郎が即答しなかったので資親が割って入った。しかし奥歯に物が挟まったような口ぶりで彼女が納得できるものではない。

「つまり……」

どう応えるかの整理がついたのか、三郎が口を開いた。

彼らにとって赤松の抵抗は幕府の軍勢と耳目を集めさせておくためだけの囮に過ぎない。だから彼らが京に新政権を樹立する寸前に討伐軍と共倒れで滅びてくれるのがもっとも都合がよい。だが、民の力を集めた軍勢が京に迫ることで幕府側は赤松の策略で背腹から挟撃されたと勘違いし勝手に瓦解してしまうかも知れない。そうなれば赤松勢が足利の血を引く将軍候補を奉じて京を目指すこととなろう。

「それゆえ、万一そのような事態となった時にはいかがなされるご所存なのかをお伺いしたいのです」

焦れてきたのだろう。湖葉の口調が厳しくなった。

「我らのなすべきは民の力による新しい世を創ることだ。我らが都を制圧し北朝を廃した後ならば、伊予守どのを通して我らに恭順するように申し入れる」

和睦という形をとるなら条件は将軍と皇位の扱いに絞られよう。しかし足利幕府刷新を標榜する赤松に、こちらの提案が受け入れられるとは思えない。

「赤松が拒めばいかに？」

「決まっておる。南朝の帝の勅命を受けて赤松を討伐するのみ」

「ああ……」

湖葉が艶っぽいため息をもらした。

「赤松が生き残った場合、選べる道はふたつにひとつ。我らの新政権に恭順するか、手負いのまま我らと合戦に及び朝敵の名の下に滅び去るか」

ただ、そのためにも幕府軍と赤松が戦さをしているうちに京を掌中に収めねばならない。

覚悟を促すように日野資親が三郎を顧みた。

「お待ち下され」

ところが今度は右近が沸きあがろうとしている熱湯に水を差した。

「かつて後醍醐帝に敗れて九州に落ちた足利尊氏が朝敵とならぬよう、北朝の院宣を賜るべしと進言したのは他ならぬ赤松にございます」

錦の御旗の重みを知っているだけに、その故事が彼らの胸に蘇るのは必定だ。が、日野資親にしてもそんなことは先刻承知。

「されば我らが京を制圧し南朝を再興するに及んで、北朝の皇親方にはひとり残らず毒をあおいで自決いただく。無論、僧籍にあるもの、幼子、それに院も帝も問わぬ」

かつて南北朝の戦いのさなかで京を制圧した南朝は、足利幕府の正当性を失わさんがために北朝の上皇や東宮を連れ去った。しかし僧籍にあるものまで徹底しなかったため、せっかくの奇策も無に帰したという例がある。

「無論、皇家にもっとも近い伏見宮においても同様だ」

はっと湖葉が振り返る。右近はほんの一瞬だけ唇を噛んだが、すぐにそれをかき消して満足そうにうなずいた。

「さあ、これでわかったか。赤松との戦さはまだ先、我らは一刻も早くこの都を民の力で制圧し北朝を廃して南朝の帝を迎えねばならぬのだ」

資親が戦さ評定の終わりを告げる。

「石見右近は直ちに近江に戻り馬借の頭目を説き伏せよ。湖葉は南朝との繋ぎに働いてもらわねばならぬゆえ、都に残って日野どのの指図を受けよ」

三郎が下知すると、ふたつの影は音もなく姿を消した。

「ふうむ、確かに管領どのの花押に間違いないように見ゆるが……」

逢魔が刻とはむしろ今のような時のことをいうのが正しいのではないかと思う。ここは近江守護六角家の館。屋敷の内も外も漆黒の闇に包まれているが、亭主の寝所にだけ小さな灯火が点じられ、六角満綱の横顔に深い陰影を浮かび上がらせていた。

「ご信用なさるもなさらぬも、六角さま次第」

寝巻きのまま夜具の上に坐った満綱は顔を上げ、

「細川か……」

猜疑に満ちた眸をだれの姿も見えない闇に向けた。

赤松による将軍暗殺より十日あまりが過ぎた今日になって、ようやく幕府は故義教の葬儀を挙行した。この政治的な空白の間に行われたのは、足利将軍家の跡目を義教の嫡子千也茶丸にすると決しただけ。逆臣赤松満祐討伐は、領国を接する山名のほかには管領をつとめる細川の一門と、宗家と行動を共にしなかった赤松の庶流にそれぞれ命じられたのだが、鎮圧に向かおうともしないため管領細川持之は赤松宗家の所領は軍功次第で切り取り勝手とすると布れ出した。それでも一向に出陣する気配はない。

一方で領国に下った赤松教康は播磨の坂本城を拠点と定め、兵糧の運び入れから武具の調達など、討伐軍の発向が延引しているのをあざ笑うかのように着々と籠城の準備を整えていた。また、かねてからの計画どおり、足利尊氏の庶長子の孫にあたる禅僧を備中から迎え入れて総大将に擁立し将軍を僭称せしめていた。

それでも討伐軍が動かなかったのは、

——足利家の血脈を擁するなど、赤松独りでできるはずがない。背後で糸を引いているのは細川か畠山か。

伊予守義雅が立て日野資親がそうと確信した戦略のとおり、諸大名は互いに疑心暗鬼に陥っていたのだ。

「細川さまは都に接する近江が六角さまと京極さまに分与されて統治されている現状に深い危惧を抱いておられます」

「それゆえ、それがしに近江一国をまとめよと仰せか」

ほのかな灯りの中でも、六角満綱の眉がぴくりと動くのを湖葉は見逃さなかった。彼女は気配を絶つことをやめて寝所の隅にぼうっと黒装束に包まれた姿を現すと同時に、頭巾を取り去って豊かな黒髪をあふれさせた。途端に女の香りが寝所に怪しく立ち込めた。

「どうぞ、細川さまをお信じ下さりませ。六角さまにご同意いただけないと……」

彼女はしおらしくうな垂れた。姿を隠していたさっきまでの口調とも大きく異なる。が、六角満綱はそれに気づくどころか、

「どうした。なにか事情でもあるのか」

猜疑のかけらも残さず湖葉に近づき、無防備にも彼女の肩に手をかけて顔をのぞき込んだ。

「私はかつてご領内の甲賀の忍びにございました。数年前に家業に嫌気がさして身を隠しました

が、老いて都にとどまっておりました母が細川さまに見つかってしまい……」

湖葉が目頭を押さえる。そういうことか、と満綱は少しの疑いもなく彼女の言葉を鵜呑みにした。

「ご承知のとおり、細川さまはもともと六角さまと近江を争う京極家と結んでおられました」

それが六角満綱をして容易にうなずかせない理由なのだ。湖葉はここぞとばかりにゆっくりと、当主であった京極高数が義教とともに赤松の館で討たれ、その跡を継いだ持清とは反りが合わず、かといって表立って長年に渡る細川と京極の縁を切るわけにもいかないといった、細川持之でなければわからない事情を噛んで含めるように聞かせた。

「それゆえ、かつて忍びであったそなたを、わが許にひそかに遣わしたのか」

訳知り顔でうなずく相手に応えるように彼女はゆっくりと頭を垂れる。黒装束の襟が緩んで濃厚な女の体臭が漂いだした。

「それがしが近江を平定すればよいのじゃな」

「細川さまは、勇将の誉れ高き六角さまこそ、この国を任せる守護に相応しいと」

「それで、そなたの老いたる母も助かるのじゃな」

ほんの少しだけ、本能のように身をくねらせて抗ってみせたものの抱き寄せられるままに身を任せる。

「ああ、私ごとき下人の身の上にまでお気遣いいただけますとは」

男の胸から顔を離して上目遣いに仰ぎ見る。もはや相手は冷静な判断のできる状態にはなかった。

——ふん、他愛もない。

一刻ほど経ったろうか。裸のまま高鼾をかいて眠りこける六角満綱を見下ろしながら身繕いを終えた湖葉は、闇にまぎれて六角館を忍び出ると南に向かって駆け出した。

いく日も待たずして、六角満綱が動き出した。もともと六角氏は将軍義教の政策によって宿敵京極氏とともに近江国内にある叡山延暦寺領の侵略を始め、それを機に領国支配を強化してきていた。ところが下命した義教が謀殺されてしまい頓挫の憂き目をみた。そんな折に管領細川持之から京極に先んじて、延暦寺領のみならず近江国内の寺社本所領の横領を進めるようとのお墨付きを下賜されたのだ。一抹の疑念はあったが、幕府が文句をつけてくれば管領の書状を示せばよい。六角満綱は再び侵略を再開した。

「それにしても近頃の六角の横暴は目に余る。山門領のみならばともかく本所領まで横領を進めてきた上は、やがて我らに二重の年貢や賦役を課すようになりおろう」

「そうでなくとも我らの村は借財に苦しんでおるというのに……」

「やあ、それはわが村も同じこと。これだけの天災続きじゃ。このまま放っておけば、この国の村という村は滅びてしまおう」

近江の湖西の村主である土豪たちは六角満綱の蠢動に敏感に反応し、相互に連携を深めていた。

「なにか防ぐ手立てをとらねば手遅れになろうぞ」

村々の代表が口々に憤懣を述べるのを黙って聞いていた馬借の頭目《かしら》が、機は熟したとばかりに声を発した。年貢の運搬を請け負うことから、もともと村主たちと馬借の間には繋がりがある。加えてこの頭目は叡山に屯《たむろ》していた僧兵くずれながら、商才を買われて前の頭目から家業を譲られたという変り種だけに、村主たちから一目おかれる存在でもあった。

「防ぐというが、一体どのようにして?」

「まずは幕府に対して六角の無法を説き、近江守護の解任を迫る。一方で我らの窮状を訴え借財の棒引きを要求する」

席を並べている土豪の目が、頭目の背後に注がれた。

「正長の頃に起きた徳政一揆を、我らの手で再現するのだ」

目を瞑ったままのひとりの男の口から凛とした声が発せられた。

「こ奴めは石見右近と申し、もとは赤松家に仕えていた武士じゃ。なんでも武家勤めが嫌になったとほざいて数年前からわしの下で働いておるのだが、なかなか見どころがあるもんで身近においておる」

「赤松か……」

都のどまん中で将軍暗殺という大挙をやってのけた大名に仕官していたというだけで村主たちは意味もなく感嘆をもらした。

「こたびの六角の無法の裏には細川、畠山、それに山名といった幕府の宿老どもの争いが絡んでいるに違いない」

理由は横領が六角氏によってのみ行われ、以前は歩調を合わせていた京極氏が動いていないからだと説く。おそらくはその三大名のうちのどこかが、京の近くで勢力を持つ六角氏を手許に引き寄せるために仕組んだ策に違いないというのだ。村主とはいっても所詮は父祖代々に渡り鄙《ひな》に暮らす田舎もの、幕府の内情に思いを巡らせることができるものなどだれもいない。彼らはなかば羨望の眼差しを向けて耳を傾けた。

「我らが天災でいかに苦しんでいるかなど少しも気にかけず、おのれたちの権力争いにうつつを抜かしている宿老どもに民百姓の苦しみをわからせる。そのためには、一揆をもって立ち上がるのが一番だ」

難解な解説の最後に解りやすい言葉でもって手段を示す。

「徳政の一揆か。借財が棒引きになるのなら……」

だれかがつぶやく。

「やるなら今をおいて他にはあるまい。幸いにも幕府の目は西に向いている」

煽るように頭目がつけ加え、無頼漢《ごろつき》まがいの目で睨み廻した。

「頭目の言うとおりだ。多少強引に一揆の衆を集めても目立つことはない」

今度は右近が軍師ばりの口調で言い添える。

「おい、やるか」

「お、おう。わしらの手で都を攻めてみるか」

六角満綱による横領を一揆の導火線にするという、一見したところ無謀な企図は赤松義雅の指示で何年も前からこの日のために入り込んでいた石見右近の巧妙な誘導によっていとも容易く実現した。

幕府勢が謀叛人の所領という餌を見せても動きが鈍いのとは対照的に、民百姓は右近の親方である馬借の頭目が惣々《むろむら》に送り込んだ手下のもとで着々と組織化されていった。そもそもが烏合の衆なだけに過大な期待は寄せられないが、数にものをいわせる手を使えば多少統制が劣っても十分役に立つ。

——これでよし。

右近は頭目に、京と播磨の様子を探ってくると告げて近江を離れ、夜の明けぬうちに日野邸の門をくぐった。

「おそらく来月の初旬には、都を四方から囲むことができまする」

これまでの経緯を述べ、最後に現状を報告して締め括った。

「さすがは右近じゃ」

「なに、湖葉の手際こそ鮮やかなもの。よくぞ一晩で六角を焚きつけられたものだ」

「な、なにを……」

右近の言葉の裏に隠された皮肉を読み取って彼女は唇を噛んだ。女忍びとして当たり前の術なのだが、この場で言われたことが癪に障った。

「時に右近。挙兵に応じた民だが」

「はっ。馬借、百姓のほかに湖賊も含まれております」

期待したとおりの応えだったのか、日野資親が顎を撫でながら満足げにうなずいた。

「農民、漁民は惣村ごとにまとめればよし。馬借は分散させ、湖賊は後方の支援に当たらせよ」

湖東の衆の移動には舟を使うのが手っ取り早い。湖賊なら琵琶湖を縦横無尽に動き廻れる。他方で京を取り囲んでしまうにはそれぞれの間の連携が欠かせない。馬借の力を使った伝令の働きが鍵を握る。静かに告げる三郎の指図は、合戦を知らぬものとは思えぬほどに適切だ。書籍からの学問に日野資親の薫陶が注がれ、生来の器が輝き出したに違いあるまい。

「それともうひとつ。土豪の中にいる近江源氏の裔はすべて粟田口に集めよ」

「近江源氏……？」

右近よりも先に資親が上座を仰いだ。おそらく事前の打ち合わせに、この下知はなかったのだろう。

「柏木、錦織、それに山本。さような姓を名乗る土豪がおるであろう」

確かに名簿にはそんな姓が連っていた。

「あれらは六角や京極らの佐々木一族が近江を領する前から土着している。民の情にも通じているばかりか、精鋭として働くことであろう」

平安の末、源平の合戦の頃には近江源氏といえばむしろ彼らのことを指していた。

「されど、なにゆえに粟田口に？」

「赤松討伐が開始されれば京の守備は侍所頭人の京極持清に託されることになろう。その上で、七口すべてに兵を割けない幕府が要とするのは粟田口だ。京極はそこの死守を命じられるはず」

なるほど、確かにそうだ。東から都への一揆勢の侵入を防ぐためには大軍が通過することのできる粟田口が要衝となる。そこを死守できるかどうかが生命線となるはずだ。

「されば我らもそこに精兵を集中させ、京に残る幕府軍を一気に壊滅させるとの策にございましょうか」

右近が不安げに訊ねる。侍所を預かる京極の兵は選りすぐりで、農兵で組織された一揆勢をもって容易く破れる相手ではないはずだ。無理をすれば百姓に犠牲が広がる。

「さすがにそうは参らぬ」

日野資親が訳知り顔でうなずいた。どうやら三郎の策を読みきったのだろう。

「粟田口でがっぷり四つに組んで幕府の軍勢を釘づけにする。その間に湖賊の舟を使い馬借の脚を生かして兵を四方に分散し、京を取り囲む」

そういうことですな、と目で合図を送った。

犠牲を押してまでもひと息に決しようとするのではなく、駆け引きを用いて時間を稼ぎ、京を封鎖してしまおうという戦略だ。そのためには粟田口に攻め寄せた一揆勢が大半であると幕府側に思い込ませるだけの戦略と胆力が必要となる。

「柏木や錦織には、近江を奪われた父祖積年の思いもあろう」

遠くを見遣る三郎の姿には、総大将としての威厳が備わりつつあった。

――後鳥羽院の血のなせるわざか。

修験者という、忍びと相似した境遇に生を受けながら、ものを見る目の広さの違いを見せつけられたような気がした。

「委細承知仕りました」

直ちに近江に立ち戻って手配を整えましょうと腰を浮かした右近を、

「待て、近江には湖葉に行ってもらう」

資親がとどめた。はて、なにゆえかと、目に物言わせ頸を傾げながらも再び腰を下ろす。右目の隅に湖葉がすうっと立ち去るのが映った。

「そなたでなくては務まらぬ役目がある」

「さればなんなりと」

応えながらも、立ち去り際の湖葉の眸が瞼の裏に残って離れない。

「管領は一刻も早く赤松を滅ぼさんとして、主上に綸旨の発給を乞うておる」

「綸旨……」

右近には日野資親が言わんとしていることが手に取るようにわかった。

主上というのは先帝称光天皇が皇嗣なくして崩御された後、義教の斡旋で伏見宮から天皇家に猶子として迎えられ皇位を継いだ後花園天皇のことだ。そして右近の旧主はその伏見宮家。当時まだ彦仁王と名乗っていた後花園を亡き者とし北朝を断絶させようとしたのが南朝の忍びの生き残りだった湖葉で、彦仁を守るべく彼女と刃を交えたのが当時はまだ小次郎と称していた右近だった。

南朝の魔の手から逃れるために細心の注意を払い後花園天皇を京に迎えた義教であったが、反面で忍びの跳躍するのを嫌い、宿所にて後花園を襲おうとした湖葉とそれを阻もうとしていた右近、それにもうひとり伏見宮家に仕え、後花園の身辺を常に警護していた小太郎という忍びを、皮肉なことに当時侍所頭人であった赤松満祐に命じて、もろともに抹殺しようとしたのだった。

後花園の身を守るべく死闘を演じていたさなか、百を超える弓勢から雨霰《あめあられ》のごとくに矢を降り注がれた三人は、創を負いながらもちりぢりになって逃れ、まさに九死に一生を得た。忍びを相手に戦ったことのなかった赤松勢にはいくつもの盲点があり、ひとりひとりがそれを衝いてから くも脱出したのだった。

——おのれ、義教。このままで許すものか。

矢創の癒えた右近は赤松家に雑人として潜入し、折を見て石見太郎左衛門という侍に仕官する機会を得た。忍びである彼にとって主家一途の武士を謀るなど容易いものだった。

一方、湖葉はまず赤松満祐に目に物見せてくれようと、かつて南朝方として威勢を誇った越智氏に身を寄せ、畠山とともに南朝の残党の叛乱を鎮圧すべく大和に出陣してきた赤松勢の陣所に忍び込んだ。

「借りは返させてもらうぞ」

大将は伊予守義雅で、本命の大膳大夫満祐ではなかったが、弟であるなら意趣晴らしにはなる。陣所で独りになったところを見計らって襲い掛かった。と、短刀を投じて彼女の一撃を妨げたのが、偶然義雅の許に伝令にきていた右近だった。

「お前、生きていたのか」

義雅を庇う右近を見て彼女の顔に一瞬の動揺が奔る。

「その方こそ、相変わらず悪運の強い女だ」

二人は義雅の面前で睨み合った。湖葉が忍び刀を水平に持ちかえるのを見て、右近が帯たる太刀を抜き放ち正眼に構える。息を整えながら、互いにじりじりと間合いを詰めていく。

「やっ」

心気を放って斬りかかった。傍目には同時に見えたが、かつて腿に深手を負った湖葉の方が一瞬遅れた。それを見て取った右近は忍び刀を捨てて彼女の背後に廻り込み、逞しい腕を彼女の頸に絡ませた。

「おのれっ」

組み伏せられた湖葉が舌を噛み切って自害しようとするのを、右近が口の中に指を入れて懸命に防いでいる。と、その時、

「そこまでじゃ」

自らの命を巡ってふたりの忍びがせめぎあっているにもかかわらず、義雅が大音声を上げて割って入った。

「伊予守さま、こ奴は南朝の忍びにして名は湖葉。おそらく次には公方さまのお命を狙う……」

押さえ込む力を緩めずに仰ぎ見る。が、

「されば右近、そなたと同類ではないか」

「な……」

言葉を失う二人の視線の先には柔和に微笑む義雅の姿があった。

「南朝の忍びの湖葉と申したか。それにかつて伏見宮家の忍びであった右近。そして、かく申すは赤松伊予守義雅。いずれも悪将軍義教の命を欲する同志じゃ」

義雅が赤松家の抱く義教への恨みを説いて聞かせる。以来、右近と湖葉の二人は赤松義雅の子飼いとなった。かつて後花園天皇の命を巡って攻防を繰り返したふたりが、将軍義教を斃すという共通の目的の下に力を合わせることとなった。

が、時は移ろい、標的であった将軍義教は赤松家によって謀殺され、彼らの目的は今や足利幕府の打倒と北朝滅亡へと変貌した。

——果たして右近は北朝を滅ぼすことができるのか。

湖葉が疑い、日野資親をけしかけたとしか考えられなかった。

「で、それがしになにをせよと?」

「綸旨が発給されぬようにせよ、と申したならばどう致すかな」

大事を口にするのを憚って遠まわしに述べる。所詮は朝廷に仕える公家。日野さまこそ、それ

をお命じになることができましょうか、と聞き返したい衝動に駆られたが、

「手っ取り早いのは主上を暗に弑《しい》し奉ること。いずれ南朝を復興されるのなら、遅かれ早かれ主上も伏見宮の宮さま方も尽《ことごと》く討ち果たさねばなりますまい」

資親の眸が動揺した。声にしてはっきり聞かされると戸惑いを隠せないのだ。

「確かにそなたの申すとおりだ」

心のうちを見透かされまいとしているのだろう。一旦は同意してみせつつも、すぐさま、

「されど今はまだ時ではない。都を制圧し倒幕を果たした後でなければ、敵方に北朝再興という大義名分を与えてしまう」

右近が黙っていたなら弑逆を黙認しただろう。しかし聞かされた以上は罪悪感を拭いきれず、わざとらしい理由をつけて自制を促した。

「なるほど。されば主上には病いに伏していただくしかありませんな」

資親の罠をなんとか切り抜けた右近は、三郎へとゆっくり眸を転じた。

「本意ではないが……、やむを得ぬ」

三郎は本当に迷っていたのだろう。資親のように自ら口にするのを避ける様子もなく、ただ苦渋に満ちた顔で絞り出すように応えた。

「心得ました。御大将の下知とあらばやってみましょう」

右近は二人に向かって射るような視線を投げつけ、そのまま日野邸を後にし、洛中の内裏へと向かった。

——湖葉め、南朝再興と聞いて昔を思い出したか。

今の帝の実家ともいえる伏見宮に仕えていた右近が果たして北朝断絶のために主上を襲うことができるのか、と後朝《きぬぎぬ》の睦言にでも資親に吹き込んだのだろう。確かに、元はといえば両者は十数年前に雌雄を決していたはずの関係なのだ。疑念がわいても致し方ない。ただ、女という武器を使って主筋の三郎や資親をたきつけるやり方が気に食わなかった。

——一服盛ってみせるのが手っ取り早いか。

厨《くりや》に忍び込んで膳に毒を潜ませることもできるが、直接酒か水に仕掛けた方が早いし効き目の調整も容易だ。とりとめもなく考えながら彼は築地塀に沿って内裏をぐるりと一周した。十年前には衰微すること甚だしく諸処が崩れていたものだが、義教の代になって将軍の権力が増すと、足利幕府の拠って立つ北朝の権威を高めるべく内裏の修復も進められた。

——されど、それもここまで。となればこの手で引導を渡す方がよいのかも知れぬ。

おのれの行動をなんとか正当化しようとしていると気がついて、俺も同類かと苦笑する。

——とりあえず、様子だけは探っておくか。

外見の修復はなされたものの、相変わらず近衛の武士が警護しているわけでもなければ御所忍びが結界を張っているわけでもない。南朝の残党の蠢動もほとんど終息し、北朝の中での皇位継承争いもなくなった今となっては確かに不要かもしれない。勝手知ったる場所に、右近は築地塀を跳び越えて忍び込んだ。そして夜陰に紛れて殿舎の床下に潜り込もうとしたその時、

――なに奴かっ。

胸の中に直に訴えかけられた。

「むっ」

気合を残して飛び退《すさ》る。その足元に金色かと見紛うばかりに美しい菊花が茎をつけたまま突き立った。こんな仕業ができるのは忍び以外に考えられない。五体の神経を集中して自らの気配を消し、闇にうずくまって周囲を窺った。

――主上は御所忍びはおかれていないはずだ。それなのに……。

右近の眸が間断なく動く。が、相手を捕捉できない。こんなことは初めてだ。

――敵はなん人いるのか。

おそらくひとりに違いないのだが確信が持てない。なにせ気配を察することができないのだ。落ち着け、と自らに言い聞かせるほど焦りが嵩じてくる。

――誘い出すしかないな。

懐に手を入れて鏃《やじり》の形をした手裏剣をつかむ。赤松義雅に仕えるようになってから新たに作り

直したものだが、実戦ではもうどれほども使っていない。が、不思議なことにその刃の冷たさが彼に冷静さを取り戻させた。改めて見渡すと、一間ほど先で大木が梢を繁らせている。敵がそこにいるならよし、いなければその中に身を潜めて態勢を立て直す。

——よし、行くぞ。

間合いを計って跳躍したのだが、その行く手に再び菊花が一輪。

——お見通しだとでも言いたいのか。

右近の動きが止まった。ま正面に忍び刀の切っ先をこちらに向け、寸分の隙もなく身構える黒装束が浮かび上がった。

「久しいな。小次郎」

「そなた……、生きていたのか」

「ああ、お互いにな」

黒装束は刀を鞘に納めると、鼻から下を覆っていた布を左手で引き下ろした。敵の正体はかつて共に伏見宮家に仕えていた従弟の小太郎だった。背丈は彼よりもずんと高く、小さな顔に鋭い光を宿した双眸、太くはないが濃くて凛とした眉、梁の高い鼻筋にきりりと引き締まった口許など、別れたあの日のままの面影を残している。

互いの父が主家の家督争いに巻き込まれ、右近の父が小太郎の父に討たれたため右近は主家を出奔、伏見宮を嫌悪する称光天皇に仕えて長い間敵対していた。やがて右近が伏見宮に帰参したことで当時はまだ彦仁と名乗っていた今の帝の身辺警護を任されたが、忍びの暗躍を忌避する義教の指図を受けた赤松満祐に謀られて一緒に命を狙われた。以来、噂にもその名を聞かなかったから、逃げることはできたが創が重くて命を落としたか、忍びをやめて百姓にでもなったかと思っていた。

「他人のことなど、構っていられなかったからな」

右近が懐かしげに歩み寄ろうとひと足踏み出した。が、

「なにをしに参ったのか」

爪先にまたもや一輪の菊花が突き立った。

「そなたが赤松伊予守に仕えていたことも、今は日野資親に雇われているのも、そしてあの湖葉と行動をともにしているのも、俺は知っている」

小太郎は五体のすべてから敵意を露わにしている。おそらく右近がなんのために内裏までやってきたのかも、おおよそ察しがついているのだろう。

「さればここから訊こう。あれから今まで姿も見せず、なにをしてきたのか」

「彦仁さまの御身の警護に当たっていた」

「されど御所忍びとして仕えているわけではなかろう」

後花園帝は義教に遠慮して身辺に忍びをおかなかったはずだ。

「いかにも。伏見宮の大御所さまがいくらお勧めになっても、彦仁さまは頸を縦に振られなんだ」

どうやら小太郎の頭の中は十数年前のあの日で止まってしまっているらしい。今は主上となった後花園帝のことを彦仁さまと呼び、その父で彼らがかつて仕えた伏見宮貞成親王のことを大御所さまと呼んでいる。そしてなにより強烈な忠義心。右近は、どこかに置き忘れてきたような郷愁を感じた。

「それゆえ橘屋左兵衛と称して花屋を営み、四六時中ご身辺を陰ながらお守りしてきた」

「左兵衛……」

「ああ、されどそれは偽りの名。そなたと同じように今は左近と名乗っておる」

父が敵味方に分かれて闘い斃《たお》れた過去の怨讐を越え、兄弟であった互いの父の名を名乗っているのだ。

「そろそろ聞かせてもらおうか。そなたがここに忍び込んできた訳を」

小太郎改め左近は、前置きが長くなってしまったなと言う代わりに、再び覆面を鼻の上まで押し上げた。

——どうやら格段に腕を上げたようだ。

十数年前には明らかに右近の技量が左近のそれを上回っていた。伏見宮家に厚遇されていては忍びの腕は磨けぬぞ、と皮肉ったこともあった。が、今は左近から発せられる気配で立場が逆になっているとわかる。

「今日のところは内裏の様子を窺いにきただけだ」

もちろん、こんないい加減な応えで左近が納得するとは思っていない。

「なにを企てているのだ」

そなたはあの日、ともに彦仁さまをお守りすると約束してくれたではないか、と心が訴えている。純粋さに息苦しくなるほどだ。

「ふん、小太郎、いや左近か。それはそなたの思い違いだ。あの日、確かにそなたと力を合わせて今の帝をお守りしようとした。されどその目的は湖葉と闘い斃すことであって、それ以上のものではなかった」

「ならば今でも伏見宮に、大御所さまに恨みを抱いているのか」

左近が哀しみと憎しみの入り混じった眸で見詰めてくる。耐え切れなくなって彼は顔をそむけた。

「伏見宮のことなどもう忘れた。日野家に雇われている今の俺にはどうでもよいことだ」

微かに風が揺れた。左近があきらめて忍び刀の鞘を払った気配だろう。彼もすかさず懐に手を入れて小太刀をつかんだ。目を凝らすと正眼に構える左近の姿が浮かび上がってきた。右近と左近という名はよくよく怨念に囚われているのだろう。

——あの日、父上も伯父上とこうして立ち合われたのか。

とりとめもない思いを巡らしながら、眼前で刃を水平に構える。月明かりに切っ先が煌いた。

左近の技は見知っていても十数年も前のこと。相手が腕を上げたことは黙っていても伝わってくる。立ち合いながらも脂汗がにじんできた。

——動けば負ける。されど動かなければ隙ができてつけ込まれる。

彼の迷いを左近は見通しているのか、一向に仕掛けてくる気配がない。かつては赤松義雅の、そして今は鳥羽尊秀の、謀臣にでもなったつもりで忍び本来の技を磨くことを二の次にしてきたおのれに腹が立った。

「そちらから仕掛けてこないのなら、こちらから行かせてもらうぞ」

相手は完全に呑んでかかっている。左近が一歩踏み込むと同時に、彼は飛び退った。

「俺は主上に危害を及ぼそうとしてやってきたわけではない。赤松の謀叛から後の様子を窺いにきただけだ」

大事を控えて小事にこだわるわけにはいかない。情けないが右近は自らにそう言い聞かせて、

「互いの父の過ちを、子が繰り返す愚は避けよう」

もう一度後ろに跳躍して抜き身を鞘に納めた。

「よかろう。されどこれだけは忘れるな」

彦仁さまのご身辺はこの左近が見張っている。一抹でも疑念があれば、例えそなたであっても次は容赦なく斬る。またもや直に心の中に話しかけてこられた。

「そうならんことを願うばかりだ」

半ば自嘲ぎみに頬を緩ませ、右近は踵を返した。

「なるほど。帝を襲うのは難しいというわけか」

右近の報告を聞いた三郎は、どことなくほっとした様子でうなずいた。

「仮にその方と湖葉のふたりをもってかかっても、その左近とやら申す御所忍びの生き残りを斃すのは難しいのか」

対照的に日野資親は執拗に食い下がる。

「今宵のことで奴は新たに仲間を呼び寄せるに違いありません。そうなればとても太刀打ちできません」

右近はきっぱりと答えた。忍びの自尊心からして勝てないと言い切りたくはない。しかし忍びであるからこそ、彼我の力の差を冷静に判断しなければ、直ちにわが身の破滅につながる。隠密であるからこそ、わが身はおのれで守らなければならないのだ。

「うむ……」

あきらめきれないのか、描いた計画に齟齬が生じるのを嫌っているのか、資親は下唇を噛んでうつむいた。

「湖葉がいかなることを吹き込んだのかは存じませぬが、もとの朋輩で従兄であるそれがしが見てきたままを申しておるのです。どちらが正しいかは自明の理」

納得しかねている資親に右近が挑みかかる。黙ってなりゆきを見ていた三郎がゆっくりと身を乗り出した。自身が敵に劣ることを報告しなければならない苦衷は、三郎には理解できた。

「綸旨が出されて赤松の滅ぶのが早くなっても、我らの手筈に齟齬がでぬよう、右近は直ちに近江に飛んで事に当たれ」

目先の邪魔ものを排除するために右近と湖葉をともに投入できないわけではないが、そうすれば今のふたりの役目を担ってだれが駆け回るのか。ここでこだわって後の計略に響いてはならないと日野資親を説き、総大将の威厳をもって指図を下した。

なおも不満げにしている資親に向かって右近の報告を尊重すべきことを説いている三郎の声を背に聞きながら、彼は扉を開けて回廊に下り立った。上気した顔には夏とはいえ深更のわずかな冷気が心地よかった。

数日後、管領の細川持之は彼らが把握していた情報のとおり、幼主千也茶丸の名で後花園天皇から赤松満祐討伐の綸旨を賜った。更に、亡き義教によって斥けられた畠山氏の前の当主持国を守護職に再任し、千也茶丸を元服させて義勝と名乗らせるなど、幕府体制の再構築を着々と進めた。こうなると赤松討伐軍の動きも活発になってくる。摂津、美作《みまさか》を攻略し、各方面から播磨に向けての進軍が加速し始めた。

「準備は万端に整いました。お指図があれば、いつなん時でも」

時を同じくして、右近が粟田口を始めとする京の東と北の準備が整ったことを報告し、相前後して南と西に向けて伏兵を動かす手筈が完了したことを告げるため湖葉が帰還した。あれからひと月。彼らの計画に遅れはなかった。

——やはり伏見宮の血を引く今の帝を殺せなかったようだね。

湖葉が侮蔑に満ちた目を向けて囁く。南朝再興の夢のために奔走しているという充実感からか、初めて相まみえた時のように若返って見えた。

「小太郎は、いや今は左近と名乗っておるのだが、奴はあの頃とは比べものにならぬほど腕を上げている。下手をして計略に齟齬を生じさせてはならぬという御大将のご沙汰に従ったまでだ」

「そのように三郎さまがおっしゃったのか」

口ぶりから蔑みは消えていない。が、それ以上に言い訳する気もない。なによりも屈辱を味わったのはおのれなのだ。立ち合ってもいない湖葉にわかるはずがない。

「いざ、御大将。ご下知を」

会話を絶って、右近は大仰にひれ伏した。湖葉もそれに倣うのが視界の隅に映った。

「まずは粟田口じゃ。ふたり揃って馳せ向かい、湖葉が随時注進に参上するように」

三郎がきっぱりと指図する。

「私に注進の役を務めよと仰せですか」

気負いのせいか、今までにない口調で食って掛かった。

「合戦の頃合いを見て御大将に伝令するのは難しい役目じゃぞ」

帷幄《いあく》の臣らしく日野資親が言葉を添えた。それでも彼女の顔には憤りが満ち溢れている。

「そなたには、機をみて南に向かってもらわねばならぬ。粟田口にかかりきるわけには参るまい」

洛南からの軍勢には近江の土民に混じって大和に潜む旧南朝の生き残りがいくらも合流することになっている。彼らを先導して京に旗を立てるのは彼女にとって夢のはず。三郎の巧みに人心をつかむ技の前に、彼女は一も二もなくうなずいた。

「いよいよ始まるな」

右近と湖葉が去り、本陣と呼ぶにはあまりに静かな日野邸の一室で、児島三郎高秀は鳥羽尊秀としての一歩をようやく踏み出した。

三　民衆蜂起

朝からじりじりと照りつけていた陽射しが薄雲によってさえぎられたかと思いきや、盆地に特有の湿気を多量に含んだ蒸し暑い空気が洛中から流れ出してきた。鉄を打った鉢巻が熱を帯びていて額から汗が噴き出し、いくら拭っても雑巾を絞ったように頬を伝う。

「ええか。向こうはこのくそ暑いのに鎧兜でしっかりと身を固めておる。我慢するにも我らの比ではないはずじゃ。もうじき飛び出してくるぞ」

柏木久兵衛という白髪まじりの郷士が叫び一同が無言でうなずく。

「まずは弓勢《ゆんぜい》じゃ。先に飛び出してきた阿呆どもを斃せ。それで奴らが怯んだところに槍隊が突きかかれ。手筈どおりにいけば、我らが負けることはない」

大将然とした久兵衛に呼応して、まだ若い錦織小四郎なる武士が頬を紅潮させながら先陣の兵を督する。一同が低く押し殺した声で、おうと呼応した。

二人は近江源氏の末裔で、祖先は木曾義仲に属して湖賊とともに平家と戦ったという由緒ある家柄の武士だ。鎌倉幕府が開かれ、近江が佐々木氏の領有するところとなるや野に伏したが、郷士として近隣のものに崇敬され、このたびの企てにあたって百姓たちから部将のひとりに推された。

——相手は京極勢。さぞ力が入ることだろう。

赤松討伐に向かった山名に代わって侍所頭人に任じられた京極持清は、彼らの父祖に取って代わって近江を治め自ら近江源氏を名乗る佐々木氏の末孫《ばっそん》だ。先祖代々の屈辱を晴らす相手としてもってこいなのだ。

本陣というにはあまりに粗末な陣所で、形ばかりに腹巻を着けた右近が遠望してつぶやく。傍らには豊かな黒髪を巻き上げて男のなりをした湖葉が無言で立っている。おそらくは最後になるであろう南朝再興を賭けた大戦さの幕が切って落とされるとあって、彼女の頬は強張り心持ち蒼い。凄惨さが招く妖しい美しさに目を奪われていると、

「右近、動くぞ」

湖葉がたしなめるように鋭く言い放った。見れば綿の実が弾けたかのように京極勢が一斉に前進を始めた。

「まだだぞよ」

彼らが目を遣った戦場では、わあっという喚声に呑まれまいと錦織が弓勢に声をかけていた。そして引きつけるにも限界に達したと断ずるや、太刀を抜き放って立ち上がり、

「放てっ」

突然に塀を建てたごとくに弓勢が一列に現れて京極勢の進路を阻み、弦を鳴らして矢を放つ。先陣きって駆けてきた雑兵が面白いように倒れていく。が、相手はさすがに正規の軍勢だけあって、怯むことなく味方の屍を乗り越え突き進んでくる。

「槍隊、前へ」

矢を放ち終えた弓勢と入れ替わりに蒼光りする穂先がふすまのごとくに整列した。

先鋒を承った京極家の部将が太刀を振り上げ兵を督励せんとした刹那、

——ぐえっ。

断末魔にしては短すぎる叫びを残して馬から吹き飛ばされた。なにが起きたか理解できないまま隊列の脚が止まる。

「今じゃ。射よっ」

弓を左掌に握り締めた柏木久兵衛の、嗄れた声が響き渡る。と同時に間道《かんどう》の両側の繁みから矢をつがえた伏兵が突然現れ、さっきに倍する斉射を加えた。

「京極家の侍、軟弱なり」

おもしろいように倒れてゆく雑兵を見ながら、本陣で湖葉は失笑をもらした。粟田口は京から逢坂山を経て近江に至る主要街道の入り口だが、東山の間道を抜けるので路の両側には丘陵がせり出している。だからこの戦法はいわば常道中の常道なのだ。

——奇妙だな。

素直に喜ぶ湖葉を傍目に右近は目を細めた。京極家の当主持清は鎌倉公方討伐の合戦にも加わっている強者だ。亡き義教によって取り立てられた小姓上がりの俄か家督とは違い肝も据わっているはずだ。

「うろたえるなっ、伏兵は小勢じゃ。恐るるに足りぬ」

討ち死した部将に代わって新たな武者が前線にきて指揮をとり始めると、京極勢は見る間に落ち着きを取り戻した。さきほど射殺されたものはともかく、かわって先鋒を託されたこの武将は実戦の経験が豊富なようだ。

「よっしゃ。敵の足が止まったぞ。今じゃ、かかれっ」

錦織小四郎が槍隊に指図するや、わあっという喊声《かんせい》を上げて一揆勢が突き進む。と、京極勢が一斉に地面に身を伏せた。

——まずいな。

そう思うやいなや、右近は柏木のいる斜面に向かって地面を蹴った。視界の隅には、突然現れた京極勢の弓隊に一斉射撃を受けた味方がばたばたと倒れていくさまが映っている。

「形勢逆転じゃな」

強気に出たところを叩かれて一揆勢は浮き足立った。伏兵の弓勢に援護させようにも戦さ慣れしていない農兵は慌ててしまって弦に矢をつがえることができないでいる。

「石見どの、援軍を頼む」

久兵衛は足元においていた矢を拾い上げると目にも止まらぬ早業で連射する。負けじと右近も弦につがえては射放つ。その間に小四郎が残兵をまとめて引き退がった。

「奇妙じゃな、石見どの」

「柏木どのもそう思われまするか」

嵩にかかって攻め寄せてもよさそうなものなのに、京極勢はむしろ兵をまとめにかかっている。せっかくの好機を逃してまでも、睨み合いになるのを望んでいるようにさえ見える。

「京極の奴め、すべてを蹴散らしかねると読んで膠着させるつもりのようだの」

「こちらの策に気がついているのだろうか」

「いや、歴戦の勘じゃろう。京極持清とやら、無駄に戦さの場数だけを踏んできたわけではなさそうじゃ」

久兵衛はむしろ楽しむかのように、にたりと頬をゆがめた。

「されば」

「うむ。ここは我らに任されよ。南からは吉野の残党も混じって攻め寄せることゆえ懸念はなかろうが、北が気に懸かるじゃろう」

しわくちゃな顔がいっそう崩れた。

「小四郎を連れて行くのがよろしかろう。少しは役にも立つようじゃ」

「ありがたいが、それではここの備えが手薄になりましょう」

「なに、案ずることはない。我らの入京を阻むだけで、京極の奴らには自ら戦さを仕掛けて蹴散らすつもりはないわ」

久兵衛が顎で指し示す。目を移すと京極勢は地面に逆茂木《さかもぎ》を打ち込んで粟田口の封鎖に取り掛かっていた。

「さればお言葉に甘えまする」

右近は軽く頭を下げてから斜面を転がるように駆け下り錦織小四郎に耳打ちすると、今度はまるで背に羽が生えているかのように丘を駆け上って本陣に戻った。

「どうかしたのか」

囮であったと知れた京極勢の動きを見抜けず失笑をもらしたことを恥じているのか、湖葉は顔をそむけたまま無愛想にしている。

「伝令だ。粟田口の京極勢は一揆勢の侵入を防ぐだけで蹴散らそうとの意思はない。さればここは柏木どのにお任せして、俺は錦織どのと洛北に向かう」

「ここが先途《せんど》ではないのか。粟田口を突破できれば都は陥ちたも同然であろうに」

理由などどうでもよく、とりあえず反抗しようとする彼女を見て、右近はなにかしら憐れみを覚えた。

「京極が相手では抜けぬかも知れぬ。そうなればすべての手筈が狂う」

「緒戦から弱気なことだ」

ことさら侮蔑を露わにして唇をゆがめる。期待が膨らんでいた分だけ失望も大きいのだろう。しかし、もともと粟田口に攻め寄せた一揆勢は洛中に残る幕府の軍勢を引きつけるのを目的としていたのだから、彼らの戦略に狂いは生じていない。ここはむしろ熱くなった頭を冷やすことが肝要だ。

「こだわっている暇はない。伝令は御大将より命じられたそなたの役目だ。戦況を注進して参れ」

右近は叱責するように言い捨てると、後ろを振り返ることもなく駆け出した。

粟田口から山科を経て山間の里を抜け三井寺に至る。堅田の浜には湖東から湖賊に援けられて琵琶湖を横断してきた農兵がところ狭しとひしめいていた。

「おう、粟田口の方はどうじゃ」

顔馴染みの馬借の親方が赤銅色の肌に玉の汗を浮かべて近づいてきた。僧兵上がりとあって眩しいほどに筋骨たくましい。

「上々だ。幕府勢は一揆の入洛を拒めばよいという作戦のようで、路に逆茂木を打ち込んで封鎖にかかっている」

「時間稼ぎじゃな。どうやら赤松討伐の方は幕府勢があちこちで砦を突破し、播磨になだれ込んだらしい」

戦況は予想より早く展開しているという。馬借には彼ら独自の情報網があるから確かな情報に違いない。

「そういうことか。されど在京の軍勢を粟田口に引きつけたのはこちらの戦略のとおりでもある」

赤松討伐軍の動きに惑わされることはないと強調すると、

「となれば次の手じゃな。いよいよ我らの出番というわけじゃ」

親方は腕をさすって舌なめずりをした。近江方面からの次の作戦は洛北からの侵入を試みること。堅田《かたた》に集結した一揆勢を近江神宮から比叡平を経て山中越えで北白川に送り込む。陸路だけに馬借の輸送力がものをいう。

「いく日かかろうか」

机上の計算で進むとは限らない。臨機応変に動くべく確かめると、

「幕府に悟られてはならぬゆえ、やはり三日は欲しいな。そのかわり、約束どおり四日めの朝には戦さのできる仕度を整えてみせる」

事前の作戦どおりだ。この男こそと見込んだ目に誤りはなかった。

「ところで采配はだれがとるのか」

「ここにおわす錦織どのだ」

小四郎が目礼を送る。頭目はにたりと笑うと、

「洛北は我攻《がぜ》めにすればよかったの。豪胆な錦織どのならば適任。仕事がなければわしも加わりたいほどじゃ」

「お頭にはまだまだ働いてもらわねばならぬ。手創でも負われては一大事だ。自重下され」

「わかっておる。さあ、委細は承知したゆえにもう行かれよ」

次は南じゃろう、忙しいことじゃ、と背を向けてから右手を上げた。

——民百姓も加わった政事の実現。

その言葉が馬借の頭目や、ここに屯する農兵の心を動かしたに違いない。そう思うと胸が熱くなるのを覚えた。

「よし、参ろう」

右近はわざと声を発して自らを鼓舞してから堅田の街路を南に向けて疾駆し始めた。大津を越え、追分にて粟田口ではなく鳥辺野《とりべの》へ通ずる道を選ぶと、更に行者が森の麓から大和街道に入り醍醐寺の門前を過ぎ、しばらくして東に進路を変える。

——ふう。

ようやくひと息ついたのは昔懐かしい伏見の里。家督争いに端を発した伏見宮家の内紛で父を伯父に討たれ、子どもの頃から慣れ親しんだここを出奔したのはいつのことだったろう。そういえば父が斃れたのはこの辺りだったはず。

——なにをたわけたことを。

感傷に浸っている暇など少しもない。彼は伏見の津に足を向けた。

「おお、石見どの。お待ちしておりましたぞ」

馬借の親方の配下で最も信頼されている若頭だ。

「首尾はいかに」

「手筈どおりにござる。ほれ、今もそこに」

振り返れば湖賊が道先案内してきた舟が接岸しようとしていた。琵琶湖の水運とは瀬田から田原をぐるりと迂回して伏見に至る宇治川で結ばれている。近江で揃えられた兵や武具は、ここで荷揚げされて大和から上ってくる旧南朝勢に引き渡されるものもあれば、そのまま山崎まで下って桂川を遡り嵯峨方面に送られるものもある。

「明日にはすべての輸送が完了いたします」

こちらは予想以上に進んでいる。この分なら歩調を合わすべく兵を潜ませるという危険を冒さなくても、洛北と洛南、それに洛西の三方より一気に京に圧迫を加えることができる。在京する幕府の兵は依然として粟田口に釘付けになったままだ。

——これで播磨の赤松勢が持ちこたえてくれればくれるほど、我らは有利に戦さを展開できる。

不意に赤松伊予守の姿が目前に浮かんだ。かき消すように頭を左右に振って思考を転じる。

——湖葉の奴め。さぞ気勢を上げていることだろうな。

洛南の軍勢が拠点にすべく手始めに襲うのは東福寺。伏見からはまっすぐ北上すればよい。右近は小走りに駆け出そうとした。と、そのつま先に菊が一輪、突き立った。

——どこだ?

鋭い視線を四方に放つ。わき道に追い籠を下ろして一服している花売りの姿が目に飛び込んできた。

「これはそなたの売り物ではないか」

「ああ、これはご丁寧に」

傍目には親切な武士と商人のなごやかな対話にしか見えない。が、ふたりは互いにしかわからない読唇の術を使ってすばやく意思を交わしていた。

――そなた、まことに日野資親の申す新しい世とやらが実現できると信じているのか。

――わからぬ。されど賭けてみたい。

――目を覚ませ。お前たちの企てていることは彦仁さまへの謀叛だ。

ふん、と鼻を鳴らして右近は失笑した。どれだけ経っても左近の頭の中は伏見宮に仕えていた頃のままで止まっているようだ。

――謀叛か。されどお前も見ただろう、ここを通り過ぎていく百姓や土豪たちを。

我らが募った百姓たちによって都は包囲されつつある。それだけの民が応じ、世が変わることを望んでいるのだ。右近は目に物言わせたが、

――違う。お前も日野資親も、あの南朝の忍びの湖葉に操られているだけだ。

さすがは左近だ。わずかな時日のうちにほぼ全貌を調べ上げたのだろう。しかし人の心の奥底まで知ることはできない。

――そうかも知れぬ。そうでないかも知れぬ。

――わけのわからぬことを。よいか、俺はこの目とこの耳で湖葉が南朝の残党に……。

――待て。お前こそ俺の言葉に耳を傾けろ。

彦仁こと後花園天皇が即位してから何年が経ち、その間にどれほど世の中が変わったか。確かに後花園天皇は学問にも優れた帝だ。しかし世のためになにをなしたというのか。将軍義教による万人恐怖の政事を許し、果ては赤松の変を招いた。

――くっ。

左近は両目を瞠いたまま言葉に詰まった。確かに後花園天皇は義教の暴虐ともいえる専横を諫めなかった。むしろ足利家の内紛に過ぎない鎌倉公方討伐に当たって綸旨まで発給している。

――俺はな、実は帝などなくてもよいと思っているのだ。

天皇家があることでどれほど無益な血が流されたことか。彼の父も天皇家がなければ左近の父に殺されることはなかったはずだ。

――あれは……。

――誤解するな。なにも今更謝ってもらおうと思って口にした訳ではない。

相手の弱いところを巧みに衝いて動揺を誘う。影に徹する忍びならば身に着ける必要のない駆け引きの術だが、右近はこれまで奔走してきた中でそのすべを存分に使ってきた。まともに闘っては負けるかも知れないと悟った彼は、力まかせに腕を競うのではなく、自らの持ち駒を有効に使う方法で対峙することにした。

そして試みるや、まさしく的中した。生来が一途な左近は右近の策略であると見抜けず動揺を露わにしている。技が勝っていることなどすっかり忘れ萎縮してしまっているようにさえ見える。

――そなたは誤解しているのだ。この国に生を受けたものは、血の中に帝という存在に崇敬を払うという想いが溶け込んでいると。

今の現実をみろ。帝になにができる、彦仁が世の民のためになにをしたか。なにもできなかったではないか。それでも天皇家が必要というなら、役立たずの北朝を滅ぼして南朝を再興するしかあるまい。

とどめのひと言に左近は色を失った。もはや言うべきことはない。

「見事な菊花にござりました。されど来年は、異なる色をしたものを見てみたいものですな」

右近は動けずにいる左近に軽く頭を下げてから、なにごともなかったかのように踵を返し歩き始めた。

――まずは東福寺だ。

左近が口に出しかけた湖葉の動きを見届けておかねばならない。伏見の港町の雑踏が遠ざかるや彼は歩速を早め、やがてすれ違う町人がそうと気づかぬほどの速度に達した。と、

「右近っ」

彼の耳に目当ての女の声が届いた。

「なにゆえここに？」

「御大将からのご沙汰を承りにきた」

伝令の役を命じられていながら復命もせず、今頃こんな場所にいるとはどういうことだと目顔でなじる。

「嵯峨、洛南の様子を見てから舟で湖北へ参るつもりだったのだ」

「それが御大将のご指図か」

言い訳に過ぎないことはわかっている。だが仲間うちで揉めている時ではない。牽制さえできればそれで十分だ。

「御下知は九月……、九月四日をもって一斉に洛中への侵入を試みる。ひと息で抜けずともよい。無理押しはせずに適当な場所に屯し、気勢を上げながら徳政を要求せよとのご指図だ」

「なるほど、まずは徳政か」

一揆に参加している大多数の農兵が、総大将の鳥羽尊秀の掲げる天下の改革よりも目先の利を求めているのは事実だ。だからまずは欲求を満たしてやろうというのだ。

――なかなか下情に通じた御大将よ。

うん、とひとりでうなずいてから顔を上げ、九月四日だなと湖葉にもう一度念を押す。ああそうだと、彼女がうなずき返すのを見定めてから、

「されば、この次は都のうちにてご指図を承ろう」

右近はもう一度鋭い視線を投げかけ踵を返した。

堅田の浜に戻った彼は、見聞きしてきた情報や総大将の下知を馬借の頭目らに告げ、明日は総進撃であるから錦織小四郎と最後の打ち合わせを行った。と、そこに伏見から急使が届いたとの知らせ。なにごとかとその場に呼ぶと、例の若頭が姿を見せた。

「さきほど洛南の一揆勢が動き出し、東福寺を占拠しました」

重畳《ちょうじょう》だ。しかしなぜそれを急使でもって報じてくるのか。

「それが、洛南勢は兵糧を使った後、そのまま洛中へ向けて進軍を開始しました」

右近は思わずふうっと大きなため息をついた。

「石見どの、どういうことだ」

錦織小四郎が訝しげに覗き込む。例え計略に齟齬が生じたところで動揺するような男ではないが、わざわざ京まで出張って状況を確かめてきた右近のさっきの報告はなんだったのかと問うているのだ。

「なにかご指図の行き違いがあったのかも知れぬ。なに、それがしの脚ならば今からもう一度確かめてきても明日には合流できる。方々は予定どおり、明朝にここを立って山中越えで白川を目指して下され」

合戦に狂いはつきものと至極当然のように微笑む右近を見て、小四郎をはじめ居合わせたものたちが揃ってうなずく。では、と事もなげにその場を去った右近だったが、陣所を離れるや一目散に駆け出した。

——おのれ、湖葉。抜け駆けなど許さぬ。

伏見の郊外で彼を呼び止めた時の動揺した様子から、こうなる危険性は感じなくもなかった。洛南勢の中核は幕府にも北朝にも強烈な敵愾心《てきがいしん》を抱く南朝の残党だ。他方面に先んじて入京を果たさなければ、彼らの沽券にかかわるというのだろう。

——となれば嵯峨勢も同調しておろうな。

洛南勢から分かれた洛西勢にも南朝の残党が含まれている。天龍寺を占拠してそこに留まる手筈になっているが、足利尊氏によって創建されたとはいえ後醍醐帝の菩提を弔うための寺が南朝勢を拒むはずがないから抵抗はさしたるものではなかろう。むしろ早々に彼らが都に押し出すのを積極的に手援けするかも知れない。

——仕方がないか。

右近は大津から鳥辺野を越えて京の町に潜入すると、鴨川に沿って南に下り七条通りを西に向かって奔った。駆け込んだのは五重塔がそびえる東寺。本堂では僧兵の中でも主戦論者が車座になってわめいている。その背後に彼はうずくまった。

「おのれ、なに奴じゃ」

「洛南の暴徒を煽動しているのは南朝の残党。ここ東寺を拠点にすべく攻め来たりますぞ」

「なに、南朝だと」

右近の襟をつかもうと伸ばした腕が止まった。

「幕府は徹底抗戦の構え。されば万が一にもこの東寺が占拠されてしまっては、幕府勢の手によって御堂が戦火にかかるは必定」

「おのれ、いい加減なことをほざきおって」

一旦止まった腕が再び伸びた時、

「待て」

中でも首領格の大兵が立ち上がった。

「穏便にすまそうとして容易に明け渡しては、後でえらいめに遭うと申すのだな」

「いかにも。寄せ手は甘言を弄して、戦うことなく寺に入ろうとするでしょう」

「甘言とはいかなる？」

「都は今や四方を取り囲まれており南朝の手に落ちたも同然。今ここで味方をしておけば後の恩賞は思いのままだと」

ふうむと腕を組みながら大柄な僧兵は思案顔で目を閉じた。

「駿河坊どの、いかに」

さきほどの僧兵が仰ぎ見る。

「京が包囲されているのは事実であろう。粟田口での戦さは知っている。このものの申すこと、あながち偽りではあるまい」

「されど氏素性も定かでない、しかも得体も知れぬのに……」

くだんの僧兵が口走るのを聞いて苦笑がもれた。氏素性だの得体だの、他人のことを言えた柄かという言葉を寸手のところで飲み込んだ。

「よし。我ら東寺は暴徒の入洛を阻むために全力を尽くす。みなみな、さよう心得よ」

おのれが執行にでもなったつもりか、駿河坊はそこに集う衆徒に宣言すると、配下のひとりに命じて管領細川持之の許に使いを奔らせた。

――これでよし。

衆徒が喊声を上げながらそれぞれの部署に走り去っていくのを見定めてから、右近は東寺の闇にまぎれた。九条通りを東に向かい鴨川を渡って北に転ずる。東山連峰の麓に鎮座する妙法院、清水寺、祇園社、知恩院、青蓮院といった寺社の境内を駆け抜け岡崎に至る。そこから粟田口に布陣する京極勢の背後を掠め、南禅寺にたどり着いたところで右近の足がにわかに重くなった。

――若王子社か。

かつて将軍義教の懇請により上洛した伏見宮彦仁、つまり今の帝後花園を左近とともに護衛し、その命を狙う南朝の忍びの生き残りの湖葉とここで闘った。そして忍びそのものを抹殺しようとする義教の下知を受けた赤松満祐によって危うく三人とも殺されそうになったのを、からくも脱した苦い思い出の地だ。

——その義教は赤松に討たれ、赤松もまた幕府の討伐を受けてその命運は風前の灯。そしてあの時に死に損なった右近と湖葉が幕府を倒すべく暗躍している。

——義教には先見の明があったということか。

苦笑を区切りにして右近は再び歩を進めた。今出川通りの手前で再び東に向きを転じ峠道にかかる。山中越えは錦織小四郎が率いる軍勢の進路に当たっている。延暦寺への通い路の入り口辺りで往きあえるだろう。

と、ずっと南の方で鬨の声が上がった。東寺の辺りに幾多の松火が揺らめいている。

——仮に東寺を占拠できたとしても一日は要するだろう。となれば再び足並みが揃う。

彼は二度と顧みることもなく脚を進めた。

翌朝、陽の出とともに洛北勢は山中越えを下り、荒神口から洛中に向かって進撃して一気に室町御所を攻める気勢を示した。

「これより北に幕府軍はおらぬ。南は粟田口で柏木どのが京極勢の動きを抑えている。つまるところ、われらを遮る兵はいない」

吉田山の麓で陣容を整えながら、錦織小四郎が説いて廻る。

「鴨川を渡れば室町御所は目の前ぞ」

右近がさらに鼓舞する。兵の中に期待と緊張が広がった。

「申し上げます。相国寺方面より二引両の旗印を掲げた軍兵が、こちらに向かって参ります」

斥候が息を切らせて報告する。

「数は？」

「およそ百余り」

どこの大名かと、小四郎が目顔で問う。

「数からして管領細川右京大夫の手勢と存ずる」

幕府と内裏の衛兵をすべてこちらに向けてきたに違いない。

「それは強いのか」

小四郎のひと言が士気を曇らせる。この若い指揮官は軍兵の心の機微にまで気遣いができぬようだ。

「加茂の河原でひと当たりしてみよう。なに、京はすでに我らが包囲している。手合わせ程度で無理に押す必要もない」

右近がにこりと破顔したことで一揆勢の動揺が鎮まった。

「よし。されば楯を並べよ。その後ろにはまず弓勢、次いで槍隊。村々のものは退がれ」

今は郷士となった武士やその子孫たちが伝家の武具を携えて小四郎の周囲に集まる。いずれも屈強な男たちだ。

「焦ることはない。まずは敵勢の矢筋を確かめよう」

河原にずらりと並べた木楯の陰に身を潜め、矢をつがえた状態で幕府勢の到着を待つ。

「来たぞ」

対岸に現れた軍勢は急遽集められたものらしく、弓や槍を手にしたものはほとんどいない。それればかりか、中には狩り衣姿のものさえ混じっている。

「ふん。細川ではなく、満足に武具もつけたことのない公家侍ではないのか」

敵の備えを見て、弓勢が斉射すると同時に槍隊が突進するように小四郎が指図を下した。一気に蹴散らそうという算段だ。

「放てっ」

幾十もの矢が弦を放れると同時に、刀槍を手にした郷士が水しぶきを上げて川を渡り襲い掛かる。一揆勢の圧勝と見えたその時、信じ難い光景が映った。わずか百余の武士たちは飛来する矢に向かって太刀を振るい、あっという間にそれらを叩き落すと、まるで能舞台で踊るようにして繰り出される穂先をかいくぐり、そのほとんどを討ち倒した。

「阿呆な……」

呆然と立ち尽くす小四郎のそばで、

「やはり相手は将軍家近習《きんじゅう》と禁裏守衛の精鋭のようだな」

右近は次の手を冷静に練っていた。

「錦織どのはこのまま、ここ荒神口に布陣を続けて下され。なるほど相手は精鋭なれど所詮は百余り。近江源氏の力をもってすれば、油断さえしなければ敵ではありますまい」

「おお、そのとおり。今はひと当てしたまでだ」

気を取り直したらしく、返答は威勢に満ちていた。

「されど、右近どのはいかがなされるおつもりか」

強がって見せても満足に実戦の経験がないだけに、正面の敵の技を見せつけられて不安を拭いきれないのだろう。

「川に沿って北上し鞍馬口に向かいます。軍勢は農兵ばかりを半分ほどお貸し下され」

「鞍馬口か。なるほど迂回して敵勢の側面を衝かれるご所存ですな」

もともと山中越えで入京した兵は、途中で二分して一方は荒神口に、他方は鞍馬口に向かう算段だったが、洛南勢の動き次第では力攻めにすることもあろうかと、戦略を変えて一軍のまま行動していたのだ。しかし東寺の抵抗は思ったよりも激しくて鳥羽と伏見の両の口は破れず、嵯峨から丹波口に進撃している洛西勢も足踏みしているようだ。となれば、当初の計画どおりに鞍馬口を押さえ、山国街道を南下して長坂口に至る別働隊と合流するのが望ましい。

「されど、農兵ばかりでよろしいのか」

「ええ、鞍馬口には土倉が立ち並んでおるゆえ」

農兵を大挙して動員できたのは徳政の要求を掲げ借金棒引きを図ろうと唱えたからだ。高利貸しの土倉を襲うといえば、武士よりも農兵の方が血眼になるはずという算段だ。

「されば、ご武運を」

にこりと笑って背を向けると、馬借の頭目配下の若頭に命じて兵の中に駆け込ませる。たちまちのうちに軍兵が二手に分かれた。

荒神口から鴨川に沿って北上すると賀茂川と高野川の合流する場所に至る。洛北から流れ落ちる両川が、出町柳と呼ばれる場所でひとつに合わさり鴨川という大河になって都を縦断しているのだ。右近が率いる農兵は、すぐそばに鎮座まします下鴨社の門前で両川を渡河し、賀茂の河原をあと少し北上した。土手を進む彼らからは土倉が軒を並べているのがよく見える。喉を鳴らす音が手に取るように感じられた。

「俺はこれから長坂口の様子を見て、御大将のところまでひと走りしてくる」

「へい。されど、その間に合戦が始まりましたらいかが致しましょうか」

「懸念致すな。ここに手を廻せるだけの兵は幕府には残っていない。万が一となれば錦織どのが馳せ参じて下さる」

心細そうにしていた若頭の顔がぱっと明るくなったが、無論そのような手筈など整えてはいない。いざとなれば、小四郎の武将としての勘がそうさせるだろうというだけだ。

まだなにか言い足りなさそうにしている若頭を尻目に右近は駆け出した。躊躇している暇はない。鷹が峰から侵入してきた近江勢が遅れることなく長坂口に屯しているのを見定めると、今度は千本通りをひたすら南に向かった。洛中のあちらこちらでは荷車を満載にした商人が右往左往してごった返している。都を包囲しているのが農民であることが知れ渡り、洛西方面から彼らが徳政を要求しているとの噂が流れてきたのだ。標的とされるおそれのある商人は逃げ惑い、一方で徳政を歓迎する百姓は洛中目指して進む軍勢に食糧や水を提供しているという。

——もはや、ことは成ったも同然だな。

室町第にほど近い洛中の日野邸にたどりついた右近は左右に目を光らせてから館の裏に廻り、ひらりと塀を乗り越えた。

幕府の軍勢が叛乱軍の討伐に出た隙を衝き、叛乱軍とはなんら呼応していない百姓を動員して宮都を包囲するなど、この国では過去に使われたことのない戦略だ。しかもその本陣が包囲されている都の中にあるなど、一体だれが想像し得よう。

「石見右近にございます」

階下に跪き、低いがよく透る声を発する。ほどなく足音がして日野資親が姿を見せた。洛中が喧噪に包まれる中、混乱にまぎれて伏見の別邸から洛中の本邸に居を移していたのだ。

「奇妙な真似をせずに上がれ」

「はっ、されど」

「幕府を倒し民百姓も加わることのできる新しい世を創ろうというものが、身分にこだわってなんとしようぞ」

資親が手招きしながら御座所の中に姿を消す。彼は眉ひとつ動かさずに立ち上がると、ひらりと欄干を乗り越えた。敷居を越えると御前に参るようにと促され、両の拳をついて軀をすべらせた。

「御大将におかれましては、ご機嫌麗しゅう……」

「それがそうでもないのだ、右近」

三郎の沈んだ声を聞いて洛南の出来事が脳裏をよぎる。薬が効きすぎたのか、東寺の抵抗は頑強で洛南勢はいまだに釘づけにされている。

「昨日、播磨の坂本城が陥ちた」

「なんと……」

思わず資親に目を向ける。

「まだ滅びたわけではなく、大膳大夫らは城山城に逃れたというが」

赤松の拠点は坂本城と白旗城で、城山城はいわば最後の砦のようなものだ。

――もはや時間の問題というわけか。

仰ぎ見ると三郎が黙ってうなずいた。

「急がねばなりませんな」

「城山城は、もって五日から十日だ」

備前の出だけあって隣国播磨のことはよく知っている。三郎の見方は当を得ているだろう。

「直ちに徳政を強訴しよう。今なら幕府は武力で斥けられないから、土倉たちから愛想を尽かされるはず」

三郎が瞑目したままつぶやく。

「幕府を孤立させる策か。されど半月も我慢すれば赤松討伐軍が戻ってくる」

貝のように息をひそめてさえいれば援軍がくることはわかっているのだから効果はないと、資親が反論し、

「それゆえ今から五日のうちにひと息に室町御所に攻め込み、将軍と管領の首級を挙げるのがよい。農兵も戦さに加えればよかろう」

遠くを見遣りながら激烈な言葉を吐いた。ここが先途と判断しているのだろう。

「されど百姓の目的は借金の棒引き。幕府が徳政を布れれば矛を収めねばならぬ。合戦の無理強いは本意ではない」

断言する三郎をちらりと見遣った資親の目が侮蔑に満ちているのを右近は見逃さなかった。案の定、返事をすることもなく、

「右近はこれを持って管領のもとへ忍び込め」

資親が御座所の隅に控える家人に目配せすると、その家人は背後に隠していた箱を右近の前に押し出した。

半刻の後、町人に変装した彼は管領細川持之の館の前にいた。

「なに奴か」

時が時だけに衛士の誰何《すいか》が厳しい。

「土倉一衆中のものにございます」

右近は懐から小銭を取り出すと、相対しているいかめしい髭面にそっと握らせた。

土倉一衆中というのは、今でいう金融業者組合のようなもの。幕府財政を支える倉役を納入するために設けられたもので、洛中では大いに顔が利いた。

「おお、さようであったか。これは相すまぬことを」

衛士は語尾を濁しながらもぞもぞつぶやいて邸内へと促す。その後の取次ぎもすみやかに管領の居所に通され、待つほどの間もなく足音が近づいてきた。襟を正して右近がひれ伏す。

「土倉一衆中の使いというのはその方か」

直後に頭上から、精気を奪われた小さな声が降ってきた。

「はっ。管領さまにはご多忙の中……」

上座に腰を降ろす気配を確かめつつ口上を述べ始めると、大儀そうなため息が耳に届いた。

「堅苦しい挨拶は無用じゃ。面を上げて要件を申せ」

はっ、ともう一度頭を下げてから遠慮勝ちに上目遣いに窺う。管領細川持之は肩を波打たせながら息も絶え絶えのさまで脇息《きょうそく》に寄りかかっていた。顔色は亡者さながらに蒼白く、眼窩は髑髏のように落ち窪んでいる。

「都を包囲したあぶれ百姓どもが借財の棒引きを強訴しておりますそうで」

持之はそれには応えることなく、目顔で先を促す。

「管領さまにおかれましては、くれぐれもかかる暴徒の言い分をお聞き入れなされませぬよう、伏してお願い申し上げまする」

右近は頭を垂れたまま、傍らにおいていた銭箱をつつと押し出した。

「百姓どもはそちたちの店を襲わんとしておる。されど今の幕府にはそちらを守るために遣わす兵がいない」

義教横死以来の度重なる心労に、管領としての気概も使い果たしてしまったと見える。

「播磨の方も今少しで落ち着きましょう。そうなればお味方が馳せ戻って参られて暴徒を鎮めて下さるはず。それまでの間を凌ぐほどの手勢は我ら自身にても養うてございます」

そのような懸念は無用と言うかわりに、更に銭箱を押し出す。生気のない顔がほんの少しだけ動いた。

――管領さまは賄賂を差し出した土倉に対しては徳政をお命じになられぬらしい。

右近の手になる流言は瞬く間に広がり、ま夜中にもかかわらず管領邸の門前には行列ができた。

「自らの頸を銭縄で縛ったも同然。これにて幕府は容易に徳政を出せぬ」

日野資親にしては珍しく小躍りせんばかりに喜色を浮かべた。そして、

「その方は鞍馬口の百姓を煽動して土倉に討ち入れ」

総大将の三郎を差し置いて自ら指図を下した。

「はっ、はあ……」

右近が戸惑いを露わにして初めてそうと察したらしいが、

「これにてよろしゅうございますな」

無頼漢さながらに睨みをきかせて形ばかりの沙汰を仰ぐ。そして唇をゆがめながらも三郎がう

なずくや、伝令を四方に奔らせた。

ようやく東寺を占拠したところに使いを受けた湖葉らの洛南勢は、下京の街や付近の社寺に火を放ち徳政を声高に叫んだ。要求が容れられなければここの伽藍にも火を掛けると告げられた東寺の執行も、恐喝に屈して幕府への働きかけに応じた。他方、吉田山に陣を敷いていた錦織小四郎は配下に命じてひと晩中騒ぎ立てるとともに、金貸しを営んでいた寺院に押し入って徳政を強訴した。

そして鞍馬口。

「よくぞ今まで堪えてくれたな。これから我らが約定を果たす」

農兵を取りまとめている数人の村の長を呼び集めて右近が告げた。

「はて。わしらはなにもしておらん。戦さをなさったのも錦織さまらのお武家じゃって」

「おお、わしらはただ遠巻きにしていただけじゃ」

年嵩の二人が代表して応えると、後ろのものたちも同調する。

「いや、かように優勢になっていても、遠巻きにしているだけ我慢してくれた。勝手に土倉に押し入る者がひとりもいなかったのは大きな功績だ」

おのれが目指すのは武家、公家、そして民百姓がそれぞれの役割を果たし、安心して暮らせる世。そこでは上下貴賤はなくただ誠を尽くして信義を貫くことが求められる。それが嘘ではない証拠に、今からは募兵の際に約束した借金棒引きを実現してみせる。農兵を前にそう宣言すると、右近は土倉が軒を連ねる烏丸大路に向かい先陣きって駆け出した。

同じ頃――

「騒々しいな。耳障りだ」

体軀のわりに大きな鉢をもつ館の主は、宿直に命じてすべての蔀を下ろさせ、まっ暗になった居室に端坐して目を閉じた。ほどなく侍女が灯火を点じてゆく。炎の揺れに合わせて横顔に陰影が蠢いていた。

――時節到来。

小さいが胸に突き刺さるほどに鋭い声が耳に届いた。

――今こそ細川を凌ぐ好機。

再び降ってきた声が途切れる前に灯が吹き消され、一条の白い煙が天井に吸い上げられていった。

「なにものか」

館の主は背後に手を伸ばしたが、すぐに自嘲して懐に差し入れた。腰を下ろす前に自ら立て架けたはずの太刀はそこにはなかった。

――今の御代が永遠に続くことだけを願うものにございます。

虚空を睨む眸が猫のように細くなる。

「姿を見せよ。話がしづらい」

途端に背後に気配がして主が振り返る。が、ぼうっとした影が闇からにじみ出てきたのはま正面の方だ。それでも動じることなく、主の頬が緩んだ。

「さすがは畠山さま、肝が据わっておられる」

「いずれの手のものか」

「ただ、今の御代が……」

右の瞼がぴくりと痙攣するのが見えた。

「それはさきほど聞いた。なにをするために参ったのか。わが命を縮めにきたか」

主がそっと脇差の柄を握る。こちらは身から放していなかった。

「いえ。畠山さまの時節が巡ってきたことをお報せせんと馳せ参じましたる次第」

「ふん、わかったようなことを」

館の主の名は畠山尾張守持国。細川と並び管領職につくことのできる幕府の宿老だ。ただ、彼自身は亡き義教によって相続を干渉され、弟に家督を奪われていた。義教横死の後、混乱の収拾に努める細川持之の宥免策《ゆうめんさく》により勘気を解かれ、逃亡先から京に帰ってきたばかりだった。

「確かにここでひと働きして幕府の窮地を救えればわが声望は上がるだろう。されどわずかな手勢で今の都の包囲網を破るなどできはせぬ」

声色から疑っている様子がありありと伝わってきた。どうやら罠だと受け取ったらしい。

「いいえ、ご決断ひとつで京を解放し、同時に細川を蹴落とすことができますぞ」

「ふん。どうせ都を包囲しているのは百姓兵ばかりゆえ、手薄なところをひと押しすれば崩れるとでも言いたいのであろう」

だが、残念ながら京の要衝を封鎖しているのは南朝の残党と帰農した武家で、粟田口、荒神口、そして東寺、いずれも戦さの仕方を知ったものが采配しているとつけ加えた。帰京したばかりであるにもかかわらず、戦況は把握していると言いたげだ。

「ふふん」

「なにがおかしい」

「畠山さまともあろうお方が、まんまと術中にはまっておられる。こたびの計略を立てたものは、さぞ悦に入っておりましょうな」

影の嘲り笑う気配がありありと感じられ、畠山持国は脇差を握る拳に力を籠めた。

「確かに南朝の残党や幕府に憤懣を抱く土豪が戦さの指揮をとっております。されどそれはほんのひと握り」

粟田口も荒神口も、幕府勢は一揆の入洛阻止を第一としていたから、ひと当りして食い止めただけ。経緯を知らぬのをよいことに、戦さを挑むには至らなかった事実だけを見せつけられ偽りを信じ込まされておられると告げた。

「当ってみて手強ければ兵を損ね、洛中への乱入を許しかねない。下手をして……」

「そう、それらすべてが寄せ手の思う壺」

影は不遜にも持国の言葉を途中でさえぎった。

「管領細川さまは一揆の鎮圧を声高に叫ばれておいでです。これに同調することは畠山さまにとって不利なこと、この上ない」

仮に積極的に打って出たとしても、管領の指図に従っただけで細川持之に名を成さしめる。義教によって退勢に追い込まれた畠山持国が影響力を挽回する方策としては選べない。

「それも寄せ手の調略にございます。細川さまが強気に出ておられるのは、土倉どもから徳政を布れぬようにと懇願され、見返りに賄賂を受け取っておられるからにほかなりません」

徳政令を発すれば一揆勢を解散に追い込めるかも知れないが、それでは賄賂を受け取った細川持之の信用を失墜させてしまう。だから都を危険な状態においてまでも徹底抗戦を主張してやまないのだという。

「な、なんたること……」

空気が動いた。畠山持国が初めてあからさまに動揺した。

「徳政を施されませ。さすれば京を包囲している百姓衆は霧が晴れるように散じるでしょう」

「信じられぬ。東寺に忍ばせておったわが手のものは確かに……」

ふらりと立ち上がった持国の足許で、ごとりと太刀の転がる音がした。

「急がれませ。さもなくば播磨から山名勢が戻って参ります。例え倍する数であっても、山名にとって百姓兵を蹴散らすなど雑作もありません。さすれば赤松討伐に続いて、こちらも山名に名をなさしめる結果に相成りましょうぞ」


翌々日、右近の許に急使が飛んできた。

――城山城陥落。赤松満祐、自害。

所縁の深い伊予守義雅は一度は投降したものの、後に自害して果てたという。感慨は、ないと言えば嘘になる。しかし今の右近にとってこの事態はいつかはと予測できたもの。それよりも彼の頭の中を満たしているのは、この一揆の始末をどうつけるかだ。

――赤松を討伐した山名の軍勢が救援に馳せ参じてくれればひとたまりもないぞ。

かといって、今すぐに囲みを解けば百姓衆の労に報いることができない。鞍馬口と荒神口ではいくつかの土倉を襲って借財の証文を破棄させたが、まだとても満足のいくものではない。

「石見どの、右近どの」

報せが届いたのであろう。錦織小四郎が駆けつけてきた。

「百姓衆はこのままにして、我らだけで室町御所を襲わせてはもらえぬものか」

父祖の旧領回復という好機が目前にぶらさがっている彼らにとって、事は急を要する。

「御大将のご沙汰を仰いで参る」

振り切るようにして右近は日野邸を目指した。脇目もふらず、ひたすらに駆けた。

――むっ。

側面から風を切る音がして身をかがめる。鈍い金音がして、見覚えのある苦無が土塀の下に転がった。投じた主がだれであるかは詮索する必要もない。右近は拾い上げ、中ほどに結わえてあった紙片を広げた。

――なんだとっ。

奥歯をぐっとかみ締めて、これまで以上の速さで駆ける。日野邸の門前まできたところで偶然にも湖葉に出くわした。彼女はなにか言いたげにうらめしそうな目を向けてきたが、彼は黙って行き違い、互いに反対側の土塀を飛び越えた。

「早いな。さすがは忍びだ」

前庭に並んで跪くふたりを見て、日野資親は顎をしゃくった。

「城山城が陥ちたというのはまことでしょうか」

「ああ、間違いない。さきほど三条の大納言からも廻状が参った。満祐入道は自害、伊予守どのは寄せ手に投降されたものの結局は自ら死を選ばれた。ただ、左馬助と彦次郎はいずれも行方知れずとなっておるゆえ、討伐軍が付近を虱潰《しらみつぶ》しに捜索しているらしい」

「ふん、公方暗殺の首謀者をふたりとも取り逃がすとは、討伐軍が聞いてあきれる」

湖葉が侮蔑に満ちた嘲笑を浮かべた。

「確かに山名の戦さも詰めが甘いと知れた。されど」

三郎が静かにつぶやいた。これで京の危急を聞いた討伐軍が急遽反転してくる可能性が高まった。詰めこそ甘くとも山名の軍勢が帰ってくると聞いただけで百姓中心の一揆勢は縮み上がるだろう。

「いかにも。さればここは一息に一揆勢を七口から押し出して、室町御所を落とし公方と管領の首級を挙げるべきではございますまいか」

湖葉の進言に資親が大きくうなずいた。このままでは、先日と同じく総大将の三郎尊秀を差し置いて日野資親が指図を下しかねない。

「されど、幕府は徳政令を発すると決しましたぞ」

黙って聞いていた右近が冷や水を浴びせるように言い放った。

「なにを阿呆なことを。そちを土倉一衆中として管領に行かせたことがきっかけとなって、細川右京大夫の許には都中の土倉から一千貫もの賄賂が贈られ、奴はそれをすべておのれの袖の下に納めたのだ」

贈賄した土倉を騙すなどできるはずがないと、資親は取り合おうとしない。

「昨夜から未明にかけて開かれた幕府の評定で事の次第を追及された管領は、応答に窮して徳政の発令に同意した」

「なんだと。一体だれが細川を……?」

案の定、資親は三郎に口を挟ませまいとしている。それをわざと無視して右近は上座に向かい、

「畠山尾張守にございます」

その名を聞いて資親が湖葉を睨みつける。どうやら右近ばかりか三郎にも知らせずになにやら手が打たれていたようだ。

「そんな……。畠山には確かに、いずれの方からの寄せ手も中核は南朝勢で、それを隠すために百姓を偽っているだけとの証拠をつかませてあります」

管領の細川には土倉から賄賂を贈らせて徹底抗戦を唱えさせるよう仕向け、対する畠山には相手は南朝勢だから農兵だと信じて迂闊に打って出ると痛いめに遭うとの誤報を流しているというのだ。

——なにが民のための新しい世だ。

その場で唾を吐き棄てたい衝動を右近は必死で堪えた。

「そうとなれば尚のこと、急がねばなりますまい」

「そうだな。明日未明にも一斉に七口から……」

相変わらず勝手に戦さの算段を始める二人を見て、右近の堪忍袋の緒は音を立てて寸断された。

「お待ち下さい。我らの志は民衆が加わった平和な世の実現にあったはず。幕府が赤松滅亡を知った上で徳政を施すというのであれば借財に苦しむ民百姓はそれで救われる」

「甘いな、右近。それでは一時凌ぎに過ぎず、この先に禍根を残すだけじゃ」

ここまで追い詰めているのだから、多少の血は流れても一気に幕府を倒し、北朝の皇統を断つ。

湖葉が眉を吊り上げるのに対し、

「我らは借財の棒引きを条件に兵を募った。それが叶うというのに、血を流して戦さをさせては偽ったことになる」

右近は極めて冷静に理を説く。

「わからぬ奴だ。政事がなんたるかは……」

苛立ちのあまり忍び刀に手を遣りかねない湖葉の剣幕を見て、

「右近の申すことは確かに理に適っている。されど戦さはもう一押しというところまできているのだ。こんな好機をみすみす逃せようか」

日野資親が割って入った。

「好機の前には約束を破って血を流させてもよいのか。それが民の加わる世を目指す我らの言うことか。そうまでして幕府と北朝を滅ぼさんとする真意はいかに」

執拗に食い下がる右近に痛いところを衝かれて、今度は資親の顔が見る間に紅く染まった。

「忍びがごとき分際で雇い主の指図に抗うとは僭越じゃ。黙ってわしの指示に従いおれ」

唾を飛ばして立ち上がり、蹴りつけんばかりの形相で睨みつける。湖葉は一瞥をくれただけで立ち去ろうとしたが、

「ここは御大将の、源の尊秀さまのご沙汰を仰ぎたく」

右近はふたりを無視してひれ伏す。馬鹿馬鹿しいと言わんばかりの顔をしながらも日野資親が腰を下ろし、湖葉にも戻るよう目顔で促した。

「予は……」

三郎尊秀の眸に曇りはない。右近は追って発せられる言葉を確信した。

「予は無益にも百姓の血が流れるのは見たくない。百姓とは田畠で汗を流すものだ」

「なんと。児島……、おのれ……」

資親が形相を一変させて転び寄る。が、それを尻目に右近は頭を下げて立ち上がり、粟田口への路を疾走した。

「おお、石見どの。ようやく参られたか」

本陣に近づくや、柏木久兵衛が出迎えた。

「徳政令が出るそうじゃの」

なぜ知っているのか、これはまだ幕府の中でも秘しているはずだ。

「そんな顔をせずともよろしかろう。さきほど畠山尾張守どののご家中と名乗る若侍がやってきて……」

徳政令の公布とともに七口の封鎖を解き、条目が定められたなら直ちに陣を払って退去するようにと告げ、幕府勢は決して追撃しないという畠山持国の言葉を伝えていったのだという。

「その若侍というのは?」

「そうじゃな。齢の頃は右近どのと同じくらいかのう。背丈はずんと高かったがの。ただ奇妙なことに、徒歩に直垂で参ったのに少しも戦塵に汚れておらなんだ」

やはり左近に違いない。一刻も早く後花園天皇のおわす都の窮状を救うため、自ら説いて廻っているだろう。

「知り合いらしいの」

「申し訳ない」

頭を下げながらも、してやられたという口惜しさは少しも感じなかった。

「我らとしても父祖が失った旧領を取り戻せる絶好の機会だったが、百姓たちとの約定を破るわけには参らぬ。なによりもここまでできたのは民百姓の合力があってのこと。否とは申せまい」

建前を崩してしまっては今後の関係にもひびが入るし、再度兵を起こすにしても支障をきたす。老将は人の機微を熟知していた。

「あっさり退くのもまた戦略なり。久兵衛がそう申しておったとお伝え下され」

柏木は苦笑しながら懐から書状を取り出した。この有利な戦況で兵を引くと言っても錦織小四郎は容易にうなずかないだろう。右近の説得に応じるよう、一族の長として認めたものに違いない。

「かたじけない」

右近は最後にもう一度頭を下げると、荒神口の陣所に足を向けた。

二日後、幕府は徳政令を公布した。これを受けて粟田口と荒神口の封鎖が解かれ、近江との流通路が回復した。更にひと月ほど経って徳政条目が定められた。一揆側の要求がほぼ容れられたものであったため、京を包囲していた百姓衆は汐が退くように整然と退却を始めた。

「やあ、これは親方」

鞍馬口の一揆勢を率いて山中越えにさしかかったところで、右近は馬借の頭目の出迎えを受けた。

「これで望みは達せられたのか」

馬借で下働きをしてきたのもこの策謀のためであったのだろうという。明確な応えをできずに曖昧に微笑むと、

「馬借として生きるつもりはないか。その気があるのならばわしの身代を」

「あいや」

みなまで言わせる前に掌を広げて制した。

「今しばらくは静かに身の振り方を考えとうござるゆえ」

将軍義教を討たんとして赤松の懐に飛び込んで十年。確かに義教はこの世から抹殺されたが、彼にはなにが残されたのか。

「そうじゃな。急ぐことはないな。ここ四、五年のうちに再びそなたが、いや右近どのが奔り廻らなければならぬことが起きるかも知れぬからな」

「はて？」

「なに、他意はない。万人を恐怖に慄《おのの》かせていた天下の公方さまが、都のまん中で白昼堂々と討ち取られたのだ」

余震は続くじゃろうと言いながら頭目は高く聳える比叡の山を見遣り、それからゆっくりと眸を転じた。

「再びわしの手が必要となった時は、なんなりと申して下され。次からは配下になりすます必要はない。堂々と要請してくれ」

そう言い残すと、一揆勢を引き取って琵琶湖へと通ずる路を下っていった。

四　戦雲再び

梅の香りも匂い立つ二月早々。寒さと暖かさが交互に訪れるようになって陽春の期待が高まる都を一陣の流言が駆け抜けた。

——小倉宮さま、ご謀叛。

京の郊外、伏見の里でその噂を耳にした右近は、なにやら胸騒ぎを覚えて手にしていた鋤を横たえた。

あれから二年と経っていないのに、京と近江を舞台に知力の限りを尽くしたのが、もうずい分と昔のことのように感じられる。

——またもや湖葉の奴が蠢動を始めたものか。

民が政事に加わることのできる新しい世を創らんと、将軍義教を暗殺した赤松家を討伐するために幕府軍が出払った隙を衝き、借財に苦しむ京都周辺の農民を動員して一揆を煽動し京を封鎖した。幕府が百姓一揆を弾圧する姿勢を示せば、逆にひと息にもみ潰せるだけの算段は整っていた。が、案に相違して幕府は一揆の要求を容れて徳政令を発布、農民を戦さに駆り立てる大義名分を失った右近たちは、都の囲みを解いて撤収した。

その後もしばらくの間、右近は一揆の黒幕であった日野資親の許に寄食していた。しかし抗戦を主張する資親を総大将の鳥羽三郎尊秀とともに説き伏せて兵を解いた際のわだかまりもあって彼独りは日野家を去り、少年の頃に父とともに過した懐かしい伏見の里に戻って百姓として暮らし始めた。

かつて馬借の頭目からもらった金子《きんす》があるので日々の費えに苦労はしない。とはいえ余裕のある印象を与えてはかえって面倒と、彼は亡き父の墓の下にそれを隠し、どこからか逃散してきた平吉という名の百姓を装って村に溶け込んだ。

「どうしたんじゃ？」

隣家の、なにくれとなく面倒を見てくれる農婦が、彼の様子を見て声をかけてきた。

「え、いや、なんでもない」

「あれあれ、どこぞの女子に懸想しているんかのう」

「これ、平吉さんもええ年じゃ。なんぞあってもおかしゅうはない。いちいち気に留めて詮索するな」

農婦の夫が妻をたしなめる。ふたりは子宝に恵まれなかったのだが、所帯をもってすぐに子ができていればちょうど彼くらいの齢になるのだという。それで妻の方がなにかといっては世話を焼きたがるのだ。

「いや、そんなことはよいのじゃが……」

応えを聞いて、ほらごらんとばかりに一瞥をくれた農婦が、

「平吉さんらしゅうもない。さあ、小母さんを本当の母ちゃんだと思って言ってごらんなさい」

そう促すのを、亭主は苦虫でも噛み潰したような顔で見遣っていたが、尋常ではない彼の顔つきを気にしてか、耕す手を止めてこちらを見ている。

「実は、なん年も前に、おらの従弟が武士になりてえって言って家を飛び出したんじゃが、それが今朝夢枕に立ちよって……」

母親きどりの農婦が掌を広げて顔を覆った。後の言葉は聞かずとも知れている。

「で、どこにおるのかわかるんかい？　その従弟とやらは」

「わからん。ただ、夢の中ではあちこちが崩れた築地塀の前に立っていた。確か後ろの瓦の上に造りもんの猿が見えたような……」

「そんなら猿が辻かのう」

それはどこのことだと目顔で問うと、夫婦は訳ありそうな顔で互いにうなずいてから、

「内裏さまじゃ」

触れてはならぬもののように、小声で短く答えた。

「内裏さまって、帝がお住まいになっておられる御所のことか」

そうじゃと無言でうなずき、行くのかと亭主が問う。ああ、行ってみると平吉が答える。

「なら、これを持っておいき」

妻が竹皮にくるんだ握り飯を差し出した。農作業の合間に彼に食わせてやろうと作ってきていたのだろう。

「ええか、どっちにしても必ず帰ってくるんじゃぞ」

亭主が念を押すのに、ぺこりと頭を下げて応えると、少しの間も惜しいとばかりに平吉は駆け出した。

「やはり動いたな」

寡黙で実直そうな、陽に焼けた農夫の顔が一変し、鋭い視線が妻に注がれる。

「ああ、湖葉さまのおっしゃっていたとおりだね。さすがだよ」

農婦もまた低く凄みの効いた声で答えながら、駆け去っていく右近の後ろ姿を目を細めて見遣った。

同じ頃――

「宮さま、かような噂が広まりましたる上は、お心をお決めいただくしかないと存じますが」

湖葉が詰め寄る。が、相対している老僧は渋面のまま目を開こうとしない。彼女から目配せを受けた男が後を引き受けた。

「畏れながら、これまでの宮さまの御行跡からして、かかる噂が流れた上は幕府が放置するはずがございません」

「なにを申すか。こたびは予はなにも企てておらぬ。濡れ衣じゃ。なにゆえにかような流言が……」

宮さまと呼ばれている老僧がはっと目を瞠いた。

――まさか、その方ども……。

瞼の垂れ下がった双眼の奥で眸が揺れる。老いは確実に、この宮さまの野心を蝕んでいた。

「宮さま」の名は小倉宮聖承。南朝最後の帝となった後亀山天皇の孫王に当たるこの王子は、南北朝合一の後もしばしば反旗を翻し、先帝称光天皇が東宮もないまま重態に陥った時には、実力で皇位を奪還せんと企てて伊勢に奔り南朝の旧臣北畠氏をけしかけて叛乱を起こさせた。しかしこの叛乱が守護の土岐氏の手によってあっけなく鎮圧されると小倉宮も幕府に降伏して帰洛、嫡子を将軍義教の猶子として寺に入れ、次いで自らも落飾するなど次第に覇気を失っていった。

しかし時は義教暗殺からわずかに一年半。赤松討伐の功でその旧領を手に入れた山名氏と、誅された満祐に代わって惣領となった赤松満直の間で暗闘が続く一方、管領職を畠山持国に譲った細川持之が死去するなど、世情は依然として物騒なままであった。そんな間隙を衝くがごとくに流れた小倉宮蜂起の噂は、これまでの宮の行跡から推してごく自然ななりゆきと捉えられても不思議ではない。

「予は老いた。確かに今は好機なのかも知れぬ。されど、もはや軀が言うことをきかぬ」

「なにも御自ら陣頭に立たれる必要はございません。ご令旨《りょうじ》さえいただけましたならば、後は我らが王子さまを擁して……」

北畠の乱の後に義教の猶子となった聖承の王子は、勧修寺に入室し今は門跡となっている。

「あれには予が若い頃に抱いたような野心はない。予にしてもこの齢になって見果てぬ夢を追うには、もう疲れた」

湖葉があの手この手で宥《なだ》めすかして誘う。しかし小倉宮はその尽くを拒み、決して頸を縦にふろうとしなかった。

「されど宮さま、今ひとたび……」

すがりつかんばかりに説く彼女の腕を男の手がつかんで制した。

——他の旗頭を見つけるべきだ。

眸が冷酷に物語っている。それに抗するだけの反論もなく、彼女はうな垂れたままうなずいた。

天龍寺にほど近い嵯峨にある小倉宮の御所を辞去した二人は駒を並べて帰途につく。桂川の土手で馬の背に揺られながら暗い顔つきで思案していた湖葉だったが、松尾社の近くまできたところで、

「小倉宮さまの庶子にして勧修寺の宮さまの弟宮に当たらせ給う王子が万寿寺におわしますが……」

意を決したものか、小声で重事《ちょうじ》をもらした。中核となる軍事力を失った南朝の残党にとって、後醍醐天皇の皇胤は軍勢を募る象徴として掌中の珠といえる。中でも嫡流たる小倉宮の血筋の所在を、同志でないものに安易に漏らすなど、あってはならないのだ。

「それは好都合ではないか」

彼女の意を解する風でもなく、男が目を輝かせて振り向いた。

「ただ、公方の猶子になっていなかったというだけで、温順な性質《たち》でおわします。帝としては相応しいご器量なのですが」

「叛乱軍の旗頭としては不向きか」

他に南朝の皇胤の心当たりはないのか、と目顔で問う相手に一抹の不安を抱きながら、

「血気盛んなお方がおひとり」

湖葉が推すのは、又従弟で小倉宮聖承の猶子となった護聖院宮の王子のこと。小倉宮が後亀山天皇を祖とするのに対し、護聖院宮は後亀山の弟宮を始祖とする流れで、これまで一度も幕府に叛いたことがない。今の当主も温和な性質なのだが、その末子が父祖に似ず野心家で自ら乞うて聖承の猶子になったのだという。

「それはなかなか面白い。さればその宮を旗頭に祭り上げるか」

「ただ小倉宮さまがお許しになるかどうか。南朝の惣領にして、その王子の義父にも当たらせ給うわけですから」

「はて、これは異なことを聞く。そなたは小倉宮の践祚《せんそ》を望んでいるのか、それとも南朝の再興を願うておるのか」

男はにたりと不敵な笑みを浮かべた。

翌日、小倉宮の寓居に下女として仕えるようになった湖葉の姿があった。聖承は昨日のこともあり、彼女の意図を量りかねて一度は拒んだのだが、

「流言がもととなって幕府が宮さまに刃を向けないとも限りません。それゆえ、私が身近にあって御身をお守り致しとうございます」

「されど、昨日のあの男……」

「致仕して参りました。もともとわが身は代々南朝の忍びの家に生まれしもの。いかなる形であ

れ、小倉宮さまのお側にお仕えできることこそが無上の幸せ」

切々と説かれ、それを押して拒めば懐剣で喉を突きかねない様子に、とうとう聖承が折れた。

小倉宮の寓居にはすでに数人の女房が仕えていたが、折しももっとも年嵩の老女が昏倒したまま寝込んでしまったので、その看病のためという名目で雇われ、その老女が縁者に引き取られるやいなや女官のひとりに列した。

それから数日、

「あ、ちょっと、そこの桶屋さん」

湖葉が通りがかりの桶売りに声をかけた。

「へい」

笠の下から覗く顔を見て、彼女は息を呑んだ。

――細川が死に、山名が蠢動し始めたのを好機と見たか。

――右近、そなた……。

伏見の手下から情報は届いていたが、その後一向に消息がつかめなかった。それが目の前にいる。

――誘うてくれぬとは水臭いな。それともどこかのお公家さんに止められたか。

二人は唇の動きだけで意思の疎通を図る。傍目には女房が屈みこんで品定めをしているようにしか映らない。

——俺がここに住み込めるように計らってくれ。

——私は年老いた宮さまを不憫に思ってお世話申し上げているだけ。なにも起きやしないよ。

——そうかな。まあ、それでもよいさ。百姓の真似ごとは退屈でならん。

右近が切り上げて手近にあった桶を彼女に押しつけ、

「ありがとうございました。またよろしゅうに」

ぺこりと頭を下げた。

「湖葉どの、宮さまがお探しになっておいでですよ」

右近の後ろ姿を見遣る彼女に別の女房が呼びかけた。

それからほどなくして、小倉宮家の下男が逐電した。博打で大損をして身を隠したらしいという噂が消えないうちに、すぐ代わりが雇われた。男手が足りないというだけでなく物騒だからという最年長の女官のひと声があったからだ。

——なんでも、かつては勧修寺さまに仕えていたらしいわよ。

——まあ、勿体ない。好い男だけになにか仕損じたのかしら。

——そうよね。あの勧修寺のお家を、なにもないのに自ら致仕するとは思えないわ。

女官たちは新顔の小平次を横目に陰口をたたいた。当時の勧修寺家は公武の信頼厚く武家伝奏を務める家柄。彼女たちが不審に思うのも不思議ではない。

「湖葉どのはいかが思われますか」

「さあ、どうでしょうか。例えばご主人の奥方に粗相したとか」

「まあ、湖葉どのったら」

嬌声を上げる女官たちに気がついて小平次が振り返る。それを機に彼女たちは無駄話をやめて散っていった。湖葉だけが残った渡廊のそばを、小平次が腰をかがめて行き過ぎる。

――すっかり馴染んでおるのだな。

――当たり前だ。見損なうな。

小平次というのはもちろん右近のこと。下男に金子を与えて逐電させたのも、老いた女房に今の世は男手がないと物騒だと焚きつけたのも、彼女の手になるものだった。

――あっ。

小平次が急に跪く。背後に気配がして振り返ると、小倉宮がゆっくりと回廊を歩んできた。

「湖葉、例の薬湯を」

「あ、はい」

わずかな躊躇いを残して彼女が厨へ向かう。と、宮はひれ伏す彼を不思議そうに見詰めてから、

「そなた、見知らぬ顔よの」

「はっ、つい一昨日にお召抱えいただきましたる下男の小平次にございます」

「さようか。予が小倉宮じゃ。ここは男手が少ないゆえ、頼みに思うぞ」

「ははっ」

彼は額を擦りつけんばかりに一層深くひれ伏した。

「それにしても好い日和じゃのう」

今年はいつもより五月雨の季節の訪れが早く、すっきりしない天候が続いていたのだが、今日は雲ひとつなく晴れ渡っている。

「いつまで見られるものか」

小倉宮がぼそりとつぶやく。なにか応えようと顔を上げたその時、湖葉が椀に入れた薬湯を運んできた。

「ささ、お風邪など召されては一大事」

彼女は宮の背を覆うようにして居室へ戻るように促す。小平次は結局なにも応えないまま再び頭を垂れた。

――黒目の色が薄いお方だな。

寂しげに微笑んだ宮の茶色かかった目が印象に残った。

そしてひと月。

「宮さまがっ……、だれか、だれか来てっ」

御所のうちに年嵩の女房の金切り声が響いた。回廊を女官たちが走る。先頭を駆けるのは頬を強張らせた湖葉だ。小平次は身分柄、階を昇れない。前庭にうずくまっていると、顔を蒼白にした湖葉が姿を見せた。

――なにごとが起きたのだ？

小平次の唇の動きを読みながらも彼女は応えない。もう一度呼びかけようとした彼の眸に、彼女の両の頬を伝う涙が映った。

――まさか……。

しばらくして頬を拭った彼女は、

「小倉宮さまが、お亡くなり遊ばした」

そうつぶやくと、回廊の手すりに身を任せるようにして倒れこんだ。

小平次、いや右近が仕えるようになってからでも小倉宮の体力が日々衰えていくのはわかっていた。十日ほど前にはついに起き上がれなくなった。皇位奪還のために諸国を駆け巡った野心の炎は完全に消え去っていた。

「畏れながら、御病いによるものか」

「そのように見える。ただ、ご寝所の隅にこんなものが落ちていた」

彼女の掌からこぼれ落ちたのは一輪の菊。この時期に自生しているはずのないものだ。

「これは……」

「心当たりがあるのか」

湖葉の目がきっと鋭くなる。

「なくもないが……」

その口ぶりでそうと察したらしい。伏見の小太郎だね、とつぶやいた後、血がにじむほどに唇をかみ締めた。

――されど、左近の奴が今更小倉宮を手にかけるようなまねをするだろうか。

しかもわざと証拠まで残すなど、右近には信じられない。確かに左近は独りででも後花園天皇を護るという妄執に捉われている。かつて小太郎と名乗っていた頃に比べれば、頑なな心をしている。しかし蜂起の噂が流れたからといって、元凶は小倉宮だと一足跳びに決めつけて行動に踏み切るとはどうしても思えない。

「奴は内裏にいるのかい。皇家の忍びとして」

「いや、帝は御所忍びはお使いにならぬ。ゆえに内裏にはいない」

「ならば伏見宮の御所だね」

今にも仇討ちに向かいそうな湖葉の袖を右近が捉えた。

「離せ。私はなんとしても宮さまのご無念を」

「違う。奴がどこにいるのかは俺も知らぬのだ」

この件は任せてくれないか、と右近が目顔で迫る。

「小倉宮さまの仇を討つと約束できるかい」

「ああ、仇を討とう」

相手が左近かどうかはわからないが、という言葉を彼は飲み込んだ。

ほどなくして右近は湖葉とともに再び日野資親の館に移り住んだ。小倉宮の御所には猶子となっていた二人の王子が同居していたが、蜂起の噂を気に留めていた幕府は宮の逝去をきっかけにその兄弟の身柄を別々の寺に預けてしまった。こうなると主人を失くした館にとどまることはできない。仕えていた南朝に所縁の女房たちも三々五々に散っていく中で、彼ら二人も嵯峨の御所を後にしたのだった。

「おお、右近ではないか。息災であったか」

庭に設えた弓場でもろ肌脱ぎになって矢をつがえていた若武者が明るい声を上げた。

「はっ、御大将におかれましてもご壮健のご様子でなにより」

右近は懇ろに応えながらも、館のうちの気配にきな臭さを感じ取っていた。

「私も備前に戻るか、それともそなたと同じように帰農せねばならぬと思うてはおるのだが、今更故郷に帰るのも憚られ、かと言って百姓になる決心もつかぬまま、留められるのをよいことに日野家に厄介になり続けている」

面目ない限りだと自嘲する鳥羽三郎尊秀に、

「なんの。そもそも御所さまにおかれましては、この都こそが父祖の地にあらせられます。日野さまもそう心得ておいでなのでしょう」

口先だけで応じながら、右近は間断なく周囲に気を配る。と、その時、

「やあ、鳥羽どのにおかれては、はや弓の稽古を終わられてか。されば代わってこの入道が」

坊主頭を照らつかせながら庭に降り立った老人が、弓を取り上げて矢をつがえ始めた。

——あれは確か……。

一年半前には腑抜けのようになって読経三昧の日々を送っていた日野有光に違いない。

「奇妙でしょう。いつ亡くなっても不思議でないほどに、いえ身体の半分は棺に突っ込んでおられたはずなのに、今ではほらあのとおり」

傍らの湖葉が目顔で促す。眸を転ずると、続けざまに的に矢を射込んだ入道頭がまっ赤なゆで蛸のようになっているのが見えた。

「一体なにがあったんだ?」

「資親卿が、お父君を元気づけて欲しいとおっしゃるものだから、夜ごとにご寝所に忍び込んで

「……」

意味ありげに上目遣いで見詰める。しかしそれが男と女のそれでないのは容易に察せられた。

「なんの幻覚を見せたのか」

早く言えと急かす右近に、彼女は舌打ちして、

「ここの姫さまさ。光子どのと申されて、亡き称光帝の皇妃だったらしいわね」

「ああ、そのとおりだ」

主家の家督争いで父を伯父に討たれ、仇討ちのために伏見宮家を出奔し称光天皇の御所忍びとして仕えていた右近にとっても、その姫への想いはひとしおだ。

「毎晩、枕元に坐ってひと言ふた言と交わしているうちに、見る間に精気を取り戻されたわ」

彼女がもう一度、今度は顎で促す。その先では有光入道がもろ肌脱ぎで上半身の汗を拭っていた。

「なにを企てているのか」

「言うまでもない。北朝と幕府を倒し、南朝を再興する」

「民百姓のための世ではないのか」

「南朝の世となれば、それはおのずからかなえられる」

これでおおよその事情は察することができた。

四半刻後、右近は持仏堂の中にいた。主殿の中には三郎の居室があったのだが、「持仏堂の方が館のものの目からも遠かろうて」

有光入道が強引に密談の場所を移してしまったのだという。

――先には赤松、今度はおのれの父の有光入道。どうしてもおのれは矢面には立たず黒幕に徹するつもりか。

仕損じれば一族連坐ということで、いずれにしても無事にはすまない。だから保身のためだとは思わないが、と思慮を巡らしているうちに汗を流した三郎が現れて上座に腰を下ろした。が、以前と違ってすぐ横にもうひとつの座が設えられている。

気づいたか、と目を細めるのに軽く頭を下げて応える。そういうことだと、三郎が苦笑いを浮かべた。

そうこうしているうちに日野資親が姿を見せた。右近が黙って頭を垂れる。無視するわけではないものの、相手もいまだにわだかまりを拭い去れていないのか、声をかけることもなく腰を下ろした。

「こうしてみると懐かしいものだ。あの時の熱い想いが胸に蘇ってくる」

白々とした場を取り持つように三郎が口を開いた。

「御所さまも日野さまもご壮健のご様子、祝着《しゅうちゃく》にございます」

形だけかも知れないが、右近と湖葉は鳥羽三郎の家人であって日野家に雇われていたわけではない。それに第一、忍びの分際であれこれと思い悩む方がおかしいのだ。そう割り切ると後ろめたさは微塵もなくなった。と、ちょうどその時、

「おお、皆揃うたな」

扉が開いて入道頭が現れた。水を浴びてきたものか、顔が上気していて湯気でも立ち昇りそうだ。

「その方が石見右近か。智勇のほどはそこの湖葉から聞いておるぞ」

二年前、伏見の別邸で背を丸め、口の中でぶつぶつと念仏を唱えていたのと同じ人物だとは信じられない。

「お初に御意を賜り……」

「堅苦しい挨拶は抜きじゃ。実はなんとしてもその方の力を借りたいのだ」

右近が上座を仰ぐ。三郎がゆっくりとうなずくのを見届けてから、

「それがしごときにもったいない仰せ。なんなりとお申し付け下さりませ」

「そうか。されば単刀直入に申す」

有光は至極当たり前な様子で三郎の横に腰を下ろすと、身体をひねって背後の棚から絵図を取り出し、資親に手渡して広げさせる。とはいえ、それに目を遣ることもなく、まっすぐに右近を

見詰めて声を発した。

「その方と、その方が懇意にしておる近江の馬借の力がどうしても必要なのだ」

それだけ聞けば大抵は察しがついた。

「あれからまだ二年と経ってはおりませぬ。民百姓を動員することは難しゅうござる」

「いや、こたびは百姓の力は必要ない。されど馬借の力は借りたいのだ」

ということは大義名分のない戦さか。そう思うと自然に眉が曇った。

「幕府の宿老どもはおのが権力争いにうつつを抜かして政事を顧みない」

幕府ばかりではない。朝廷も帝もそんな幕府に政事を任せたままで諫めもしない。これではこの国の民に平穏が訪れることはないと、有光入道は右近の想いを察そうともせず声を大にして語り続けた。

「亡き者たちの魂ですら、今の世を嘆いておるわ」

三郎と資親ばかりか湖葉でさえなんども聞かされているのだろう。また始まったとばかりに目を閉じている。そしてどれほどの刻が経っただろうか。おのれのように崇高な志を抱いたものがどうしてこんな境遇におかれているのかという、恋々たる繰り言にまで至ってようやく有光の唇が閉じられた。

「畏れながら、日野さまのお企ては、つまるところ当今《とうざん》への謀叛にございますな」

今更なにをと資親が睨みつける。有光入道を決意させるのに要した時を無駄にするつもりかと責めているようだ。

「謀叛か……。うむ、失敗れば後世にはそう伝えられるじゃろうな」

確かに言うとおりだ。謀叛という言葉をも受け入れている有光の決意を知って右近は腹を据え直した。

「天下の政事を統べる役目を負いながら権力争いにうつつを抜かす足利幕府を倒す。それに異存はございませぬ。さりながら事はそれで足りるはず。なにゆえに北朝を廃して今更南朝を再興させるのでしょうか」

「わしほどにこの国の有様を憂いている公卿が今の朝廷におろうか。例え幕府を倒しても性根の腐った廷臣をそのままにしては天下は変えられぬ。それに……」

話すのをやめて腕を組む。言うべきか言わざるべきか、逡巡しているのが手にとるようにわかった。

「畏れながら、それがしはもともと伏見宮家の忍び。当今のことはご幼少のみぎりより存じております。廷臣を入れ替えるために当今を廃し奉るとなれば躊躇いを覚えます」

有光に対しながらも、彼の注意は資親の心の動きを見逃すまいとそちらに向けられている。有光入道が生きる気力を取り戻したのは、資親と湖葉の仕掛けなのだ。愛娘の霊に扮するだけでなく、もっと深い企てがあるに違いない。

「亡き称光帝が伏見宮家から猶子を迎えるのに反対なさっておられたのは存じておろう」

いうまでもない。その意向を受けて伏見宮の暗殺を図ったのは、ほかでもなく彼なのだから。知らぬこととはいえ、釈迦に説法も甚だしい。

「そのまことの理由を知っておるか」

「情けもなにもない父帝後小松上皇さまへの反抗にござりました」

返事を聞いて相手は鼻を鳴らした。

「違うと申されまするか」

「そなたの知っておるのは表向きの理由じゃ。まあ、忍びの分際では仕方もなかろうが」

侮蔑するにも程がある。探索を命じられた時以外、彼はずっと称光天皇のそばにあった。彼以外のだれも知らない孤独な帝の心情とていくつもある。

「されば、そのまことの理由とやらをお聞かせ下さい」

「よく聞け。当今は、いや正しくは当今の父の太上天皇は皇胤ではないのだ」

伏見宮貞成親王が崇光天皇の皇孫ではないというのか。

「なんと。ではまことの父君はどなただと？」

「かつて皇家を乗っ取らんと企てし逆臣足利義満じゃ」

それゆえに系譜上の父である栄仁親王からも疎んぜられ、家督も一旦は弟に当たる治仁王に譲られた。しかし貞成は謀略をもって義理の父栄仁と弟治仁を殺害して伏見宮の家督を奪い、あまつさえ足利義教と謀ってわが子を皇位に即けようとした。称光はそれを知っていたから、万世一系の皇統を守るべく伏見宮を拒んだのだという。

ならばなぜ後小松院は伏見宮の相続を望んだのかと問うと、

「残念ながら後小松院はご存知なかったのじゃ」

筋書きとして悪くはないが、あまりに都合がよすぎる。本当に信じているのなら惚けているとしか思えない。

「それがしは称光帝のただ独りの忍び。口では申せぬことも命じられて参りました。されどさようなことは、ただのひと言も伺っておりませせぬぞ」

「さもあろう。これは帝が末期の際になって、わが娘の光子だけにそっと漏らされた密事じゃからのう」

有光入道は本当に涙を浮かべている。どうやら湖葉と資親の仕掛けが見えてきた。

「なるほど。確かにそれがしは帝の末期の際に同席しておりませんでしたゆえ」

それで、その秘事は光子が生前に言い残したのかと訊いてみる。湖葉の瞼がほんの一瞬だけ震えたのを右近は見逃さなかった。

「いや。恐れ多くも皇家の大事に、光子も生前に言い残すのは憚られたのであろうな。昨年の冬からわが夢枕に立つようになり、年が明けてからようやく明かしたのじゃ。そして称光の遺志を継いで万世一系を守ってほしいと」

あまりに見え透いた手で失笑を禁じえない。だが夢枕に立った亡き娘が、一度は墓の中まで持っていた秘事を明かして父に託した。私心のためではなく大義のため。それも口に出しては言えない密事。老いたる身にはこの上ない支えとなったのだ。老父の心情を衝いた見事な調略といえよう。

「ところが伏見宮の血を引かぬ北朝の皇胤には皇位を嗣ぐに相応しいお方がおわさぬ」

いずれも僧籍に入っているばかりか齢老いている。対するに南朝の皇胤には血筋以外に拠って立つものがないから、まさしく後醍醐天皇の血を受け継いでいる。となれば万世一系の皇統を守るためには、北朝を廃して南朝を再興するしかないという理屈だ。もはや右近にとっては聞く意味のないたわ言の羅列だが、有光入道は滔々《とうとう》と話し続けた。

——それにしても日野資親、大した策謀の人であることよ。

おのれとは比べものにならぬほど顔の利く老父を引きずり込むにはふたつとない妙案だ。湖葉の横顔から逸らした眸を転じる。ゆっくりと瞼を押し上げた資親と目が合った。

——よくぞでたらめを思いついたものだ。

——うそ偽りかどうかは聞いたものが決めればよい。ただ、足利義満にとって親王の正室を犯して子を孕ませることなど雑作もなかったはずだ。

——なんだとっ。

——それとも、貞成親王が長子でありながら父親王から家督を譲られなかった本当の理由とやらを、そなたは知っておるのか。わしの申したことが嘘偽りだと言い切れるのか。

火花が散るほどに激しい無言の争いは、資親が目を逸らせたのを機に終わりを告げた。

「信じられるか、さっきの話を」

軍議に移るはずであったが、有光入道が興奮のあまり胸苦しさを訴えたため評定は仕舞いになった。右近は場所を変えて旧交を温めたいという三郎に誘われて、湖葉とともに主殿の奥に向かっていた。

「日野どのの悪知恵には頭が下がる」

「そう言うと思った。されどあながち嘘八百とも言い切れないだろう」

顔を向けることもなく、彼女は淡々と語る。説き伏せようなどとは思っていないのだろう。

「これ以上偽らずともよい。有光入道をその気にさせただけで十分だ。ざれごとなど聞こうが聞くまいが、俺の去就に変わりはない」

「そうか。ならばもう言うまい」

湖葉は含みを残したまま黙り込んだ。そのままで黙々と渡廊を歩み、主殿の中でもっとも奥に設えられた鳥羽三郎の居室に行き着く。一年半前に最後の激論を交わし、三郎の口から一揆の終結という裁断を引き出したそこは、あの頃と少しも変わっていない。

「こうしていると、一年半の刻が止まっていたようだな」

三郎も湖葉も例の話題には触れずに杯を交わし続けた。

「時に石見右近どの」

致仕した上は家人ではないからと、三郎が敬称をつけて彼を呼ぶ。初めはそれを固辞していたのだが、今はもう三郎のなすがままに任せている。

「このまま、そばに留まってはくれまいか」

要望を聞いて彼は向かいの湖葉を反射的に睨みつけた。一揆の時の彼自身の働きや、それをとおして培った近江での人脈は、日野有光らにとっては喉から手が出るほどに欲しい戦力に違いない。今度はそれを三郎の口から言わしめるのか。

「勘違いせずにいてくれ。なにも右近どののお力が目当てというのではない」

「はて、ではお側にいるだけで、なにをせよと？」

「わしは今、日野家に扶持《ふち》されているも同然だ」

かつては赤松義雅が組み立てた策謀の大将であり、それを譲り受けた日野資親にとってもそういう存在でいられた。しかし事が破れた段階で関係は解消されている。にもかかわらず日野資親は彼に退去を迫らず、彼もまた進んで去ろうとせず寄食を続けた。鳥羽三郎の今日あるは、日野家によって養われてきたからに違いはない。

「昼間に有光入道どのの申していた、あの企てが実行に移される時、わしは再び総大将として担がれる身となろう」

一宿一飯でも恩義は返さねばならないのだから、謀叛に担がれるのは仕方がない。仮にも大将として采配を委ねられたなら相応の働きはせねばならぬ。三郎は決意を述べたものの、急に顔を曇らせた。

「されど危惧するのは、わしの耳に真実が届くかどうかなのだ」

湖葉がはっと上座を仰いだ。赤松義雅の指図を受けていたとはいえ、血脈が高貴なだけで世間知らずの田舎ものを都に迎えて今の位置に据えた彼女を、三郎は信用ならないと断じたも同然なのだ。

「湖葉には南朝再興という夢がある。ちょうどわしに武家も公家も民百姓も、嫡子も庶子もこだわらず政事にかかわれるような世を創るのだという夢があるように」

責めているわけではなく、おのれの思考が一方に偏らぬよう、右近を迎えて車の両輪のごとくになってほしいという。奉じられたからといって、なにもかも言いなりになるような真似はしない、三郎の固い決意が胸の奥にずしんと響いた。

日野資親と有光の意思がここまで南朝の再興に傾いてしまった以上、後鳥羽の皇胤である源尊秀を将軍として推戴する必要は薄らいでいる。それでもこうして彼を扶持し続けているのは、南朝の再興が公家にだけ篤かった建武の新政を復活させようとしているのではなく、後鳥羽源氏である彼を将軍に据えることで武家政治を継続させるという意思を表明し守護大名が疑心暗鬼に陥るのを避けようとしているに違いない。

とはいえ、三郎は知りすぎるほどに内幕を知っている。いざとなれば資親は彼を闇に葬りかねない。鳥羽尊秀という生き証人を守ることで日野父子の、いや日野資親の自制を促すことができるなら、それはそれで好都合だ。

「心得ました。それがしなど、どれほどのお役に立てるかはわかりませぬが、三郎さまのお力になれますように精進致しましょう。但し、それがしはあくまで三郎さま、あいや殿の家人になるのであって、日野どのから直に指図を受けるつもりはござりませぬが、それでよろしゅうございますな」

三郎に念押しする格好をとりながらも、湖葉を通じて日野資親に宣言しているのは明らかだ。

「無論のこと。わしからも日野どのに確と伝えておこう」

「ありがたき幸せ。それともうひとつ」

「おい、図に乗るのも良い加減にせよ」

堪りかねた様子で湖葉が口を挟む。が、三郎は目顔でそれをぴしゃりと封じた。

「時にはお耳の痛い諫言を申し上げることにもなりましょうが、よろしゅうございますか」

「それこそが望むところだ」

承知とばかりに右近は後退りし、深々と頭を下げた。

その日のうちから右近は鳥羽三郎尊秀の軍師という位置づけで戦さ評定に列した。彼らの狙いは幼将軍と管領の首級のみ。つまりは一気に室町御所を衝くというのだ。ただ、最大の課題はそのための兵を怪しまれることもなくどうやって都に引き入れ潜伏させるか。

——事を起こすまでは少しずつ入京して個々に潜み、時至れば号令一下で集結してひと息に将軍御所を襲う。

言うは容易いが実行がどれほど困難かは首謀者の日野資親がもっともよくわかっている。だからこそ恥を忍んで右近の手を借りようとしているのだ。先年の嘉吉の土一揆の際の馬借と湖賊の連携による民兵の動員は、鮮やかのひと言に尽きた。

とはいえ、鮮やか過ぎたことで新たに管領となった畠山持国は近江の動向に目を光らせている。例の馬借の親方の配下を縦横に使ったとしても短期間のうちに幕府を屠るだけの兵を目立たずに入洛させるなどできそうもない。

「楠木や越智といった南朝の精兵百ほどのみをもって、ひたすらに公方と管領の首級だけを狙うというのはいかがか」

いわば嘉吉の乱の時の赤松館のように、都の中だけで虚を衝くことはできないかと、三郎が言う。

「されど、その先はどうなされるおつもりか。われらには赤松と違って、京を退去して形勢を整え討伐軍と戦うための領国などありはしない」

おのれに策がないのを棚に上げて資親が目を怒らせる。傀儡は黙っておれと言わんばかりの態度だ。

「叡山だ。あそこは先代の将軍義教によって焼き討ちに遭っている。その子の将軍の首級を挙げた我らなら、歓迎して倒幕に協力するのではなかろうか」

後醍醐天皇が足利尊氏との戦さに際して叡山に難を避けたという故事もある。

「叡山を味方につけられたなら、動員できるだけの南朝の兵を伏せておくこともできよう。僧形や山伏に扮すれば入山するのは可能なはず」

いざという時に京にも近い。いかがであろうかと三郎が見廻した。

「妙案ですな」

吉野から峰伝いに勢多に至った南朝勢を叡山に潜伏させる。その中から襲撃部隊となる精鋭だけを選んで少しずつ湖賊の手により湖北に運び、馬借の荷駄隊に紛れて若狭街道から入京させれば管領の目を眩ますことはできる。しかも襲撃部隊の百余りの人数なら、都のうちに潜ませておくのも困難ではない。

右近が後押ししたことで話が一気に具体化した。湖賊も馬借も彼に所縁が深いから請け負ったも同然となった。

「されば、その南朝の精鋭百余をもって室町第を襲い、公方と管領の首級を挙げて叡山に拠る」

後は事前に叡山に潜ませた南朝の残余勢力を集結させ、皇胤を奉じて同調する僧兵とともに倒幕の烽火《のろし》を上げる。諸国には前将軍義教によって苦渋を嘗めさせられた守護大名が幾多もあるから倒幕の機運は高まろう。それらが都をさして攻め上ってきたところで京にとって返し、内裏を攻めて今の朝廷を廃する。将軍と管領を討ち果たされ、北朝という存続の大義名分をも失った幕府は降伏するしかない。

鳥羽三郎尊秀が戦略のあらましを語ると、すでに事は決したかのように有光入道が目頭を押えた。

「そうと決まれば、私は吉野へ行き楠木どのに伝えて参ります」

事は急げとばかりに湖葉が席を立つ。それを機に、有光入道は侍女に抱えられて退き、三郎も頬を紅潮させたまま上座を離れた。

「石見右近どの。そなたの入れ知恵かな、こたびの計略は」

資親は言葉遣いまで丁寧でかえって慇懃無礼のように感じる。

「いえ。すべては御大将が錬っておられた戦さにござる」

確かに昨夜、彼は三郎から二、三の質問を受けたが、これほど作戦立ったものではなかった。おそらく常日頃から軍略に親しみ温めてきた作戦に、右近の力を借りて手を入れ仕上げたものなのだろう。わずか百余の兵で将軍御所を襲い叡山に退去すれば、都の周辺の民を戦さに巻き込まなくてもすむ。右近の伝手で馬借や湖賊の動員が可能となったことで陽の目を見ることになったのだ。

「ではそれがしも近江に参って馬借の親方と話しをつけて参りましょう」

右近はつとめて感情を抑え、頭を下げた。

表では馬借を家業として営みながら、裏では湖賊の棟梁として近江に根を張る頭目は、今は堅田の浜に新たに和邇屋《わに》という屋号で店を構えている。

「やはり、お出でなさった」

来訪を告げるとすぐさま僧兵上がりの頭目が、相変わらず齢を感じさせない赤銅色の坊主頭を振って現れた。

「先年のお言葉に甘えさせていただこうかと……」

「右近どの」

珍しく頭目が右近の話をさえぎった。

「こたびは陰からではなく、一味として加えていただきたい」

「なんと。されど……」

「この店を構えたのも、馬借の屋号を先代にお返ししたからじゃ」

馬借を隠れ蓑にしているがもはや商人ではない。名実ともに湖賊の一味として陸路の要衝を握る部将なのだという。相槌を打つこともできずにいると、頭目はにたりと笑い、訊きもせぬのに自ら身の上話しを始めた。

曽祖父は六波羅の奉行人の一人であったが、元弘の戦さの折に足利尊氏に追われ探題とともに近江の番場という地で自害して果てたという。後を追ってきた曾祖母は夫の死を知り、菩提を弔うべく息子とともにその地で帰農した。その結果、祖父と父はいずれも百姓として暮らすこととなったが、腕力の強かった彼は百姓が嫌いで家を飛び出し僧兵として叡山に上った。ところがそこは昔日の王城鎮護の地という誇りを失い、無頼漢まがいの僧兵ばかりか高僧と呼ばれるものたちまでが麓に女を囲い、果ては高利貸しを営む有様。彼もまた僧坊の主が裏で営む馬借の営所に使いとして訪れているうちに先代の頭目によって商才を見出されて重用されるようになった。ところがこの頭目というのが実は湖賊の部将の一人であったことから、彼も僧兵から足を洗い表面上は商人として、影では湖賊のひとりとして、ひとかどの男となっていった。

そんな彼の身の上に悲劇は突然に降りかかった。将軍義教による叡山焼き討ちである。偶然にも彼の代わりに山上の高僧を訪ねていた妻が戦さに巻き込まれて命を落とした。だれも彼に真実を語らなかったが、攻め上ってきた幕府の兵に捕らえられ、さんざんに玩《もてあそ》ばれ辱められた後に斬られたのだ。

「じゃから、足利はわしにとって曽祖父の仇であり、妻の仇なんじゃ」

先年は民百姓による倒幕の企てだったから、甘んじて後方支援を受け持った。だが次の機会があれば討幕軍の尖兵として加わりたいと、身代を整理する一方で備えを怠らずにきたのだという。

「されば御名をお聞かせ願いたい」

右近は馬借の親方としてではなく、彼と対等に、いや少しばかり敬うように居住まいを正した。

「町野助左衛門と申す。助左とお呼び下されば、わが父祖も近江の草葉の陰で喜ぶことでしょう」

「心得ました。都に立ち戻ったる折に町野助左衛門どのの御名を御大将の名簿に加えておきましょう」

忝《かたじけ》いと目を潤ませて頭を垂れる助左に、

「されば、こたびの計略をお伝え申し上げる」

右近はこれまで隠してきた鋭い眼差しを向けた。

「はてさて、近江の馬借の頭目にさような事情があったとは」

湖北から若狭街道にかけての馬借と、琵琶湖を仕切る湖賊への調略を終えて帰京した右近は、さっそく馬借の親方、いや町野助左衛門の件を鳥羽三郎に報告していた。と、その時、居所に向かって乱暴に床板を踏み鳴らす音が近づいてきた。

「鳥羽どの、時節到来の兆しじゃ」

内裏から戻ったそのままの装束で日野資親が姿を見せた。彼が言うには、本日内裏に参上した朝鮮使が賀詞の最後に朝廷に対して想いもよらぬ苦情を申し入れたのだという。

「倭寇というものをご存知か」

「あいや、聞いたこともないが」

「わが国の海賊で、朝鮮国の沿岸の村を襲うては金品や女どもを略奪する輩のことだ」

かつて鎌倉の頃に蒙古がわが国に襲来したのを元寇というが、それをもじって倭寇というわけだ。資親は自ら問うておきながら、途中で説明するのが面倒になったらしく後半は早口で端折って伝えた。そしてこれからが本題とばかりに身を乗り出して、

「驚くなかれ。その倭寇の大将というのが、赤松左馬助則繁と称しておるという」

それゆえに朝鮮使は九州にあると思われる倭寇の本拠を叩くよう要請してきたという。つまりは朝廷や幕府に赤松の名が悪霊のごとくに蘇ったわけだ。

「折しも播磨では新たに領主となった山名に対し、国人衆が赤松の当主を押し立てて叛かんとしているとの風聞もある」

赤松の跡目は謀叛人満祐の甥にあたる満直に相続されていたが、所領の大半は戦功のあった山名に与えられ、赤松家には播磨のうちでわずかに三郡が安堵されたに過ぎない。この仕置きに不平を抱いた満直が残党掃討を名目に播磨に下り、実のところは国人どもと語らって不穏な動きを見せているという。

——風雲、まさに急を告げるか。

月が改まるや、幼将軍が病いに伏した。病魔退散のために加持祈祷が行われると知った有光入道は、資親に命じて南朝の残党の糾合に奔走していた湖葉を呼び戻させ、その場に忍び込ませた。そして憑依になりすまし、管領や宿老、それに室町御所の女房たちが見守る中で、

——我は先年誅されし赤松満祐なり。義教の子孫七代に渡って祟るべし。

と、叫ばせた。

——ふん。木っ端公家の考えつきそうなことだ。

愉快愉快と杯を傾け上機嫌の有光入道を侮蔑しながら、右近は三郎とともに室町御所襲撃の手筈の詰めにかかっていた。が、驚くべきことが起きた。それから十日を経ずして将軍義勝がわずか十才を期に早逝したのだ。有光入道の仕組んだ憑依がまさしく威力を発揮したものか。さすが

の右近もこの時ばかりは背筋に悪寒を感じた。

将軍逝去の翌々日、管領の畠山持国を首班とする合議により跡目は義勝の弟三春と定まった。将軍家に家督不在の期間を生じさせまいとする幕府の焦りが見て取れた。が、そんな動揺を衝くかのように、赤松満直を担ぐ残党が蜂起。今度は自らの所領が危いと直ちに山名勢が鎮圧に向かったが、幕府の耳目はまたもや西国の「赤松」に釘付けとなった。

「いよいよ時至れり」

鳥羽三郎を差し置いて有光入道が召集をかける。持仏堂にはいつもの四人のほか、近江から馬借の商いを装って入洛した町野助左や、修験者や旅商人に扮して京に入っていた河内の楠木、大和の越智、紀州の湯浅ら南朝の武将たちが顔を揃えた。

「こちらにおわすが前の権大納言日野有光さま、それに参議の日野資親さまにございます」

湖葉が促すと南朝の強兵《つわもの》どもが次々と名乗りを上げる。

「そうそうたる顔ぶれじゃのう」

上機嫌に頬を緩める有光入道と満足げにゆっくりとうなずく資親を見て、無精に腹立たしさを覚えた右近が膝を進めた。

「方々、こたびの計略を立てられた御大将の源尊秀公におわす。後鳥羽院の皇胤にして南朝の忠臣児島高徳公のご一族にあらせられます」

児島高徳の名を聞いてにわかに親近感を覚えたらしく、まず楠木次郎が深々と頭を下げ、湯浅と越智がそれに続いた。

「されば、こたびの戦さについて手順を申し述べる」

三郎が厳かに告げ、右近に目顔で促す。絵図を指し示すべく一礼して身を乗り出したが、

「しばしお待ち下され」

南朝の残党の中ではもっとも年長の越智が口を挟んだ。

「我らが推戴すべき帝はいかなるお方におわしましょうや」

象徴たるべき小倉宮が死去したため、南朝の残党を誘うに当ってても湖葉はそれを明言してこなかったようだ。同じくと声に出す代わりに、楠木と湯浅もうなずいてみせた。

「帝は……」

湖葉が言い淀んで資親を仰ぐ。

「故小倉宮さまの王子にして万寿寺宮泰仁王さまを新帝に擁立致す所存」

小倉宮は、先年薨《みまか》りし聖承が晩年こそ野心を失って嫡子を将軍の猶子とし大寺の門跡にするなど幕府に融和する姿勢を示したが、たびたび反旗を翻した南朝皇胤の雄に変わりはない。

「ふむ。ということは、その泰仁王さまはいまだに寺におわしますのじゃな」

「いかにも。室町御所襲撃の混乱に乗じて、この湖葉を遣わしてお救け申し上げる所存」

日野資親が当然のように言い切って胸を張る。小倉宮の王子を擁立するのだから異存はなかろうというのだが、どうも越智らの反応が芳しくない。というのも、小倉宮が晩節に至って野心を失い、その子らも厚遇することで牙を抜き取ろうとする幕府の策略に乗せられているのが歯がゆく、泰仁王にしても例外でないと知っているからだ。

「方々は泰仁王さまと同じく万寿寺に入室することを強要された金蔵主さまと、常徳院に送られた通蔵主さまのご兄弟をご存知にござりましょうか」

前触れもなく右近が南朝の皇胤の名を口にしたので、だれもが驚いて振り向いた。

金蔵主と通蔵主は、後亀山天皇の皇胤に当たる小倉宮と異なり、後亀山の弟に始まる護聖院宮の出。小倉宮と違って早くから幕府に恭順していたのだが、この金蔵主というのが血気盛んな若者で、兄の通蔵主を説いて二人して進んで小倉宮聖承の猶子となった。その希望は叶えられたものの残念ながら小倉宮が薨じたため寺に入るよう強要されたのだ。

「実はそれがし、秘かに泰仁王さまの玉顔を拝し奉らんと万寿寺に赴きましたる際、奇遇にも金蔵主さまに謁を賜り、この王子さまを推戴すればどれほど士気が上がるものかと感銘致しましたる次第」

無論、このようなことを口にするとは事前にひと言も打ち合わせていない。

「あいや、かく申すこの楠木も、入洛の後に秘かにお二方のご様子を窺いに参り、石見右近どのと同じ想いを受けました」

すでに楠木は越智や湯浅にも漏らしていたようで、先程の問いかけもそれを踏まえたものだった。

「されど南朝の正嫡たる小倉宮さまの皇統を差し置いて、護聖院宮さまを戴くというのはどのようなものか」

困惑したように有光がつぶやく。まさか本題に入る前につまずくとは夢想だにしなかったのだろう。

「さればここは、新帝としては万寿寺宮泰仁王さま、そして金蔵主さまを東宮として遇してはいかがかな」

金蔵主は泰仁王とともに万寿寺に居住しているし、小倉宮の猶子なれば二人は義兄弟。帝は本陣にあって全軍を督し、東宮は自ら戦陣に立って戦さを指揮する。それこそ、後醍醐帝の頃にも相通ずる南朝の姿かと存ずると、黙ってなりゆきを見詰めていた三郎が床几《しょうぎ》に腰掛けたまま仲裁案を示した。資親も同じ思いを抱いたらしくなんども口を挟みかけたが、三郎はその隙を与えず独りで言い切った。

「なるほど。さすがは御大将。方々はいかがじゃ」

越智がぐるりと見廻す。楠木も湯浅も異存はないと点頭し、資親も渋々うなずいた。

「されば戦さの手筈をお話し致そう」

三郎が立ち上がって話し、右近が絵図の上で指し示した。

決行は彼岸の中日。ひと月半ほど後のことだから風も冷たさを増していることだろう。手筈の確認を終え、戦さ評定の末席に連なりながら、右近は持仏堂の格子窓から見える天空を見遣った。

――畠山、細川、斯波、そして幼い将軍跡目の三春。彼らを討ち果たせば、間違いなく天下は南朝のものとなろう。

となれば、泰仁天皇の下で日野有光が関白か太政大臣となり、源尊秀が将軍といった新政権が発足する。

――彦仁さま……。

右近の耳には評定の喧騒はひとつも届かなかった。

五　内裏襲撃

　神泉からこんこんと沸き出ずる水が法成就池《ほうじょうじゅいけ》を絶え間なく満たしている。そこに架かる法成橋《ほうじょうばし》は、今はもうところどころが剥げ落ちたままとなっているが、かつては鮮やかな朱色をしていたようで、さぞ水面に映えたことだろう。その橋を渡りきると小さいながらも舞台を備えた社に行き着く。六百年ほど前に、名僧空海が慈雨を祈願するために勧請したとの由来をもつ善女龍王社だ。

——法の成就か……。

　平安京の大内裏に隣接する禁苑としていくつもの豪奢な殿舎が軒を連ね「神泉苑」と称されていたこの地も、承久の乱を境に荒廃が進み南北朝の動乱を経て今はただ社と橋だけが往古の面影を偲ぶ縁となっていた。そんな状態でも、豊かな水を湛えるこの池だけは涸れることもなく、今もまだ善女龍王さまがお棲まいになっているに違いないと土地の民の崇敬を集めている。

「新たな国を創ろうとする我らにとって、法成就とはまさにうってつけ」

有光入道がいかにも年寄りらしい迷言をもらす。数百年前には帝や公家たちが華やかに集い舟を浮かべて管弦の宴を催したそこには、世を一新せんと刀槍を肩にもたせかけた百余の野武士が屯していた。

——龍王さま……。

両の掌を合わせて念ずる右近の頸筋に、ひと粒の滴がどこからかぽたりと落ちてきた。夜空には無数の星が瞬き、雨の気配はない。

——これは……。

善女龍王のお告げに違いない。胸の中を覆っていた霧が、すうっと晴れていくのを感じた。

「おう、いずこに参られていたのか」

幔幕が張られているわけでもなければ、床几が設えられているわけでもない名ばかりの本陣に、総大将の鳥羽尊秀と楠木次郎、湯浅九郎らが車座になっている。

「おや、越智どのはいずこに？」

「どこぞで小尿《ゆばり》でもなさっておるのじゃろう。年寄りじゃからの」

楠木が応えて湯浅が笑う。歴戦の勇士らしく気負いは見られない。が、湖葉の姿までもが見え

ない。さすがにそれにはきな臭さを感じずにはいられなかった。と、越智がゆっくりとした足取りで戻ってきて、

「そろそろ刻限じゃな」

坐ることもなくつぶやき、みなに立ち上がるよう目顔で促した。

「湖葉はいずこに?」

気取られぬように三郎の耳許で囁く。

「うむ。我らの気配が察せられているらしく、室町御所が備えを固めているらしい」

三郎が命じて物見に出しているというなら不審はない。

「されば、事前の手筈のとおり、兵を二手に分ける」

三郎が采配を取り上げた。屯する兵たちが静かに整然と持ち場についた。一隊は楠木が率いて将軍跡目の三春が住まう高倉邸を襲い、別働隊は越智が采配を預かって管領の畠山邸を攻めることになっている。

「楠木どの」

いざ出陣という段になって越智が楠木を手招きしてなにやら伝えている。兵卒の陰に隠れていて読唇することもできない。ただ一瞬だけ、楠木の肩が波打ったのを右近の眸は逃さなかった。

「この期に及んでなにを談じていることやら。それがしが行って督して参ります」

右近と三郎は楠木勢に属して高倉邸を襲撃しつつ、全軍の指揮をとる算段になっている。

「いや、よかろう。なにか企てがあったとしても、決して我らには漏らすまい」

三郎は寂しげに微笑んで月を仰いだ。

「明日のこの刻限に、我らはどこで同じ月を眺めていようか」

達観したような物言いに、右近もまた腹を括った。

周囲にそうと覚られぬように神泉苑を粛々と発した奇襲部隊は押小路を東に進み、室町小路で北に進路を変えた。このまま丸太町まで走る途中で部隊を二手に分け、楠木勢は再び東をさして高倉の烏丸邸を、越智勢は室町小路をさらに北上して室町御所とそこに隣接する管領畠山邸を、それぞれ急襲する手筈だ。

——いよいよ始まったな。

闇の中で静まり返る洛中を駆けながら右近はすぐ側の三郎を窺った。緊張のために強張った頬が夜目にも蒼い。こちらの気配を察する余裕もないのか、振り向く様子もない。

——無理もないか。

一昨年の一揆では、総大将に祭り上げられていたとはいえ伝令を通じて兵糧攻めの指揮を執っていただけ。しかも身は封鎖された洛中の日野邸にあり、鎧をつけることもなく描かれた筋書きを忠実になぞっていたに過ぎないから、まさに名ばかりの大将だった。

——されどこたびは戦略を立てたのも総大将としての源尊秀なら、直接采配を振るうべくこうして襲撃隊に加わり戦塵の中に身をおいている。

彼の立案に沿って少数精鋭で幕府の機能を停止させ、叡山に拠って天下に号令しようというのだ。とはいえ初陣の心細さは独特で、期待よりも緊張が大きく、不安がひとりでに広がってゆく。頭の中で繰り広げられる妄想に押し潰されそうになりながらも、それを振り払うべく無我夢中で太刀を振るうのだ。

忍びの仕事というものは絶対に敵に覚られてはならないから、丹念に下調べをしてから事を起こす。翻っていえば、絶対に失敗ることのない状況にしてから行動に移す。だから右近にしても赤松家の侍として初めて戦さ場に臨んだときには、足が震えて言うことを聞かなかった。三郎にしても、備前山伏の総本山に生を受けたのだから相当の鍛錬を積んできたはずだ。だが鳥羽尊秀として臨む実戦となると勝手は異なる。

——なんの因果かは知らねど、守ってやらねばなるまいて。

彼が再び目を細めたその時、軍兵が不可解な動きを見せた。烏丸大路に行き着いたところで、北上する越智勢とは分かれてまっすぐ東に向かうはずの楠木勢が、越智勢を追うように北に矛先を転じたのだ。

「訊いて参ります」

三郎のうなずくのも待たずに兵をかき分けて先鋒に達する。

「楠木どの、手筈と違うぞ。どうしたのだ」

呼びかけに応じて振り返った楠木次郎が目庇《まびざし》を斜めに傾けた。

「内裏を攻めるのよ」

「なにっ、どういうことだ。御大将からさような指図は出されておらぬぞ」

楠木の進路を阻もうと肩に向かって伸ばした手を、だれかにむんずとつかまれた。勢いがついていただけに無様にも路端に転がる。頭に血が昇っていて気配を察することができなかったのだ。

待てっ、と叫ぶ間もなく三郎を含めた後続の軍兵が行き過ぎた。

——おのれっ。

こうなっては楠木次郎を斃してでも兵の進軍を留めなければならない。意を決して立ち上がった時、

「そうはさせないよ」

行く手に立ちはだかる影があった。

「やはりお前か。よくも謀ってくれたな」

「違う。どこからか企てが漏れたらしく、室町御所も烏丸邸も幕府の兵に隙間なく守られている」

奴ら、我らの襲撃がよほどに怖いと見えて内裏の守護に遣わしていた衛士まで呼び返したんだ

と、蔑みもあらわに嘲笑を浮かべる。

「それで手薄になった内裏を襲うことにしたというのか」

「室町御所は攻められぬ。されば公方と管領の代わりに帝の首級と三種の神器を頂戴する」

叡山に上るのに手ぶらというわけにはいかない。土産も必要だし、幕府とて北朝の帝という拠り所を失えば痛手も大きかろう。影はそれだけ言い捨てると、こちらに向かって身構えた。

――帝の首級だと。

右近は怒りに震えながら忍び刀を抜き放った。影の正体はいわずと知れた湖葉だ。そして幕府襲撃の噂を流して内裏の守りを手薄にさせたのもこの女に違いない。証拠はなくとも確信できた。

――これが南朝の残党どもが描いた筋書きか。

そしておそらく日野父子も承知しているのだろう。

――知らぬは御大将と俺のみか。

自ら立てた戦略だったが、動き出してから書き換えられたものだから二人とも気がつかなかった。日野資親の、忍びと山伏の分際で出過ぎた真似をするからだといわんばかりの、したり顔が目の前にちらついた。

「そこを退け」

「ふん、もう遅いわ」

湖葉が行く手を開けて見せる。すでに内裏の御門に吸い込まれた後なのか、前方に軍兵の姿はない。

「お前の手で伏見宮の帝を討つことはできまい」

計略を漏らさずして正解だったと、相手は自ら白状した。

「阿呆め。俺だけを謀っておけば帝を討てると思うてか」

「なんだと」

「帝のお側には常に左近が張りついている。いかに兵が精鋭でも、あの程度の小勢ならば左近を斃して帝に手をかけることはできまい」

激情にかられて抜き払った忍び刀を、彼はわざとゆっくりと鞘に納めた。

「なんの、たかだか伏見の小太郎ひとりぐらい」

かつて刃を交えた経験のある湖葉が嗤う。が、それを嘲るように、

「あ奴はお前の知っている小太郎ではない。伏見宮の扶持を受けもせず、なんの見返りもないままに、ただ帝を護ることだけを生き甲斐にしている」

北朝を、いや後花園帝を守ろうとする意志は、南朝を復興させようとするお前よりも固い。なにより見返りもなく、いつ果てるとも知れぬ志は心も技も上達させる。

「そ、そんなはずはない。こちらは楠木に越智に湯浅。今の南朝では選りすぐりの……」

確かに彼女が闘ったのはずい分前の小太郎で、右近はつい最近の左近と手合わせをしている。しかし所詮は忍び独り、百余の精鋭から帝を護れるものか。

「そう思うなら見ているがいい。南朝勢は公方も管領も帝も、だれの首級をも奪えずして叡山に逃れるだけに終わろう。すべては御大将と俺を謀ったお前と日野資親の失策だ」

信じられぬという顔をしながら、湖葉は立ち尽くしていた。確かに小倉宮暗殺の濡れ衣を被せるべく左近の所持する品を奪おうとした彼女の配下は目的を達することなく斃された。その際、亡骸に突き立っていた菊花を仕方なく遺留品とせざるを得なかったのを思い出した。

「まあ、今さら言っても仕方ない。そなたは泰仁さまに通蔵主と金蔵主のご兄弟を、無事に叡山にお連れすることだ。猶予もなければ、南朝の忍びとしてこれ以上の失敗は許されまい」

この戦さを企てたのが本当に湖葉であるなら、内裏襲撃に失敗すれば罪は重い。いや、蜂起した南朝勢自体の存亡に係わる。

「お前は……、なんとするのだ?」

「とりあえずは楠木勢の後を追う」

「それはならん」

おそらく資親から右近を内裏に行かさぬように指図されているのだ。彼女は忍び刀の柄を握った。

「南朝の皇胤がすべて滅んでもよいのかっ」

右近が一喝する。企図したとおり、弾かれたように湖葉は駆け去った。

――さて、どうするか。

走り出してはみたものの、彼の心は決まっているわけではなかった。とりあえずは烏丸通を北上し、たどりついた宜秋門から内裏の中を窺う。すでに南朝勢は侵入しているらしく、内裏は喧騒に包まれていた。

――あの数ならば、ふた手に分かれるのが精一杯なはず。

一手が西側から討ち入ったのであれば、もう一方は室町御所への逃げ口を塞ぐべく北側を抑えているに違いない。

――されば、狙うは南か東か。

右近は脱兎のごとくに駆け出した。どうやら西から襲いかかったのは楠木勢らしい。清涼殿の大床の上から楠木次郎が下知を飛ばしている。足許に散乱しているさまざまな御物の中から女房被衣を拾い上げて左腕に巻きつけた彼が、勝手知ったる夜の御殿へと先廻りする途中で、女房たちの悲鳴が耳に届いた。見上げれば長橋の付近から煙が上がっている。越智勢は予期したとおり北側から乱入し、室町御所への退路を断つとともに幕府からの援軍を妨げるべく火を放ったに違いない。資親の妹の一人は帝に仕える典侍だから内裏の内情はそこから洩れているのだろう。

右近は素早く甲冑を脱ぎ捨てて身軽な黒装束となり、内裏の前庭を疾走した。

案の定、内裏の図面を頭に叩き込んできたらしい楠木が南殿、昼の御殿を制圧し、湯浅には内侍所に行くように命じておいて、自らは迷わず夜の御殿に攻め入ろうとしていた。

まさにその時、

「待たれ、逆賊」

「なにっ」

楠木が振り返る。闇の中に黒い影がぼうっと浮かび上がった。

「おのれ、御所忍びはおらぬはず」

日野資親から後花園天皇の側に忍びはいないと聞かされていただけに、この敵の出現は予想外だったのだろう。これまで寸分の狂いもなく指図してきた楠木が戸惑いをみせた。が、そこは歴戦の将。すぐに相手は独りと見極めると、

「ここはわしに任せて寝所に踏み込め」

ともに影に向かって刃を構えていた手下に指図した。

「ここを通すわけには参らん」

影が跳ねて夜の御殿への通路に立ち塞がる。先陣をきっていた雑兵が胴を薙《な》がれて倒れた。

「おのれ、左近か」

湖葉から聞かされていた名を思い出したようだ。

「大楠公の裔が野伏りまがいに内裏に押し入るとは、落ちぶれたものだ」

「なんだとっ」

誘いに乗った楠木次郎が十人ばかりの手下を押しのけて再び前に出てきた。

「ぬしの技量のほどは湖葉から聞いておる。わが太刀にお前の血を吸わせてくれるわ」

楠木がま正面から袈裟懸けに斬りつけてきた。がちっと刃の噛み合う音がして二人が動きを止める。と、楠木が右脚を使って払いにかかった。知れたことと、苦もなく左近がかわす。が、それは見せ掛けだけで、身体の重心を右に移した楠木はぐいっと圧し掛かり、均衡を崩した左近の躯を壁に押しつけた。

「行けっ。狙いは主上の御首級だけだ」

「おのれ、行かせるものか」

楠木は左近の躯をただ壁に押しつけているだけで攻撃を仕掛けてこない。動きがあれば隙も衝けようものだが、ひたすら押さえ込むだけの相手には力で押し返すしか手がない。楠木さえ討ち果たせば統制は失われると読んで誘い出したまではよかったが、相手は彼の思惑を逆手にとったのだ。

――仕方がない。

左近は腕の力を抜いて背を壁につけたまま屈みこんだ。支えを失った楠木の太刀が振り下ろされて左近の左肩に食い込む。が、気に留めている間はない。楠木の股下を這いくぐって御殿に侵入した兵の後を追う。後ろの一人は背後から頸を薙いで斃せたが、先をゆくもう一人に腕を伸ばす前に再び楠木の太刀が襲ってきた。

「邪魔をするな」

左近が跳ねて切っ先をかわす。

「それはわしが言うことだ」

いつの間にか、楠木は得物を槍に持ち替えている。こうなっては背を向けて追うことは危険だ。

——今しばらく持ちこたえてくれよ。

夜の御殿には常に二人の近侍が宿直している。左近は気持ちを切り替え、目前の楠木次郎を斃さんと神経を集中させた。

一方、間近でそんな死闘が行われているとは知らぬ二人の近侍は、大きな足音を響かせて近づいてきた侵入者に対して、佩刀《はいとう》を抜いて立ち向かった。が、雑兵とはいえ楠木の配下としていくつもの修羅場を潜り抜けてきた武者に、飾り物のような太刀さえ鞘から抜いたこともない公達がまともに闘えるはずがない。四辻少将季春と名乗った方がかろうじて一太刀合わせただけで、もう一人の甘露寺親長とともに長刀の柄で打ち据えられた。

「御免」

雑兵が塗籠の扉を開ける。白装束の夜着をつけた壮年の貴人が壁を背にして立ち尽くしていた。

「主上におわしましょうや」

雑兵が問いかけても貴人は目を瞠いたまま震えるばかり。

「お命、頂戴仕る」

長刀がくるりと旋回する。雑兵の顔に喜悦の色が浮かんだ。刹那、

「ぐえっ」

その長刀はまっすぐに振り下ろされることなく、背後の扉の鴨居に引っかかった。そして大功を前にした喜色が消え失せて、雑兵の顔が苦悶に歪んだ。

「ご寝所を汚しましたること、お赦し下さい」

どおっと倒れた兵を踏み越えて黒装束が現れた。

「そ、その方は……」

「そんなことより、早く」

言うまでもなく右近だ。知り尽くした清涼殿の屋根裏を最短で駆け抜けて、間一髪のところで間に合った。

「まずはこれを」

途中で拾った被衣を手渡す。後花園帝は小柄な上に白装束だから、女房に見えなくもない。

「さ、おふた方も早く」

皇祖代々の三種の神器を残しては逃げられぬと抗う後花園の手を引っぱって無理矢理連れ出し、甘露寺と四辻の二人とともに唐門に向かって駆けた。西から侵入した楠木勢は内裏のうちに入り込んでいる。越智勢は北と東からの出入りを遮っている。結果として清涼殿からもっとも遠い南しか手薄になっていない。

——後少し。

そう思った時、雑兵の一人が気づいたらしく、恐ろしく早い脚で追ってきた。

「ここは私が」

さきほどは一太刀も合わせることなく打ち据えられた甘露寺が汚名挽回とばかりに踏み止まった。

「されば少将さまは早く主上を」

右近に督されて四辻少将が後花園の手を引き唐門から内裏の外に脱出する。そこから迂回して東側の正親町宰相の館に駆け込む後ろ姿を見届けてから、右近は踵を返した。

「おのれ、湖葉の申していたのとは違って、なかなかやるな」

夜の御殿の入り口では左近と楠木次郎が依然として死闘を演じていた。いずれも数箇所の創を負い、荒い息をしている。

「楠木どの、加勢致す」

右近が渡廊に跳び上がった。

「石見どのか」

呼びかける声には後ろめたさがにじみ出ている。

「いかにも。右近にござる」

しかし名乗りを上げた真意は別のところにある。彼の意図を察したと応えるかわりに、左近が忍び刀を正眼に構え直した。それを見て右近も刃を水平に構える。

「楠木どの、残念ながら帝は取り逃がした」

もちろん左近に聞かせるためだ。

「なんと……。無念じゃ」

「されど内侍所を襲うた湯浅どのが目的を果たしたようじゃ。もはやずい分と時間が経っている。間もなく幕府の兵が参るぞ」

楠木の気配に迷いが見えた。左近が打ち込んでこないのは右近の意図を汲み取った証だ。

「ここはそれがしにお任せあれ」

言葉でもって背中を押すと、楠木はあっさりと折れた。

「御大将はいずこに」

踵を返そうとしたところに問いかける。鳥羽尊秀、いや三郎の姿が見えないことだけが気がかりだった。

「糺《ただす》の河原に本陣を構えて我らが行くのをお待ちじゃ」

或いは本陣とは名ばかりで、彼と同様に内裏襲撃に反対して戦場から遠ざけられたのかも知れない。

「心得た。されば、いざ」

合図のように右近が左近に斬りつけ、左近ががっちりと受け止めた。その背後で楠木勢が退いていく。

「御大将とはだれのことだ？」

「やはりそこまでは探れなかったか。独りでの探索とは歯がゆいものだろう」

かつて孤立無援で称光天皇の忍びを務めていた右近もどれほど同じ思いを味わったことか。刃をはさんでふたりはにやりと笑った。

「糺の河原だな」

左近が渾身の力で右近の刀を跳ね上げようとする。

「主上のお命を狙った悪党を、このまま生かしておくわけにはいかぬ」

かつて人を斬ることを嫌い、右近をして甘いと言わしめた小太郎と同じ人間の口から発せられた言葉とは思えない。

「御大将も俺も、恥ずかしながら湖葉と日野資親に謀られた」

「では、あの室町御所を襲うという噂は……」

左近が眉を寄せる。

「嘘ではない。高倉の烏丸邸にある足利三春と、管領畠山尾張守を討つ計略だった」

「されば、あれは内裏の警護を手薄にするための流言だったのか」

左近ともあろうものまでが騙されるほど真実味があった。いや、総大将をはじめ兵のほとんどが実際に室町御所を襲うつもりでいたのだから、隠された真実が漏れなかったのも無理はない。

「それゆえ、御大将に罪はない」

右近は押し倒そうとする左近の力を利用して、ぱっと跳び退った。

「日野資親が後ろで糸を引いていると申したな」

左近は忍び刀を鞘に納めると苦無を手にした。

「ああ。父の日野有光を公家の総帥に仰いではいるが、すべては参議の資親が仕組んだ企てだ」

右近が忍び刀を構えたまま、さらに後退りした。

「我らはこれより叡山に赴く。奉じるのは南朝の正嫡小倉宮泰仁王だ」

背後で轟音を立てて清涼殿が焼け落ち、火の粉が一面に舞った。

「俺は主上を討つつもりなど毛頭ない。その証拠はこれから見せてやる」

ついてくるならこいと目に物言わせて右近が踵を返した。紅蓮の炎に包まれる内裏を背に東へ向かって駆けた彼は、すぐに糺の河原にたどりついた。

「御大将」

雑兵をかきわけて三郎の床几に歩み寄る。側には日野有光と楠木次郎、それに越智、橋本といった南朝の武将が顔を並べていた。その中のだれもが右近を正視しようとしない。こみ上げてくるものを堪えきれず声に出そうとしたその時、三郎が黙ってうなずいた。なにも言うなという合図だ。

「これにて合流していないのは……」

大将格では湯浅九郎の姿が見えない。名あるものでは楠木の配下の波多野という武士がいないらしい。その他には雑兵が五、六名。右近と左近で三人を斃しているが、無防備ともいえる内裏を襲ったわりには損害が大きい。もはや残党に過ぎない南朝にとっては、精鋭といってもこの程度なのか。

「湖葉は？」

「叡山に向かった。泰仁さまをひと足先にお連れするためだ」

「後の御二方の宮さまは？」

「あちらにおわす」

楠木が目を転じる。越智の手勢に守られて二丁の輿が据えられていた。と、そのうちのひとつの引戸が開いて前髪姿の少年が駆け出し、膝をおって身体をくの字に曲げている。

「相国寺からお助けした兄宮の通蔵主さまだが……」

拉致を阻もうとした僧が斬られるのを見てからずっと吐き続けているという。

「それに比べて弟宮さまはご立派なことだ」

待ちきれずに寺侍に小刀で斬りつけて単身脱出し、自ら迎えの兵の中に駆け込んだらしい。

「幕府の兵が動き出しました」

注進が三郎に告げる。

「遅れたものはおっつけやってくるだろう。手筈どおり金蔵主さまの輿を帝のそれに偽装して叡山に向かおうぞ」

三郎、いや鳥羽尊秀が立ち上がり号令を下す。時をおかずに一軍が叡山に向けて粛々と動き出した。

――首謀者は日野資親。南朝皇胤の小倉宮を奉じて叡山に赴く。

下鴨社の参道、糺の森から南朝勢の動き出すのを見届けた一個の影が、踵を返して炎上する内裏に向かった。それが左近であることは言うまでもない。途中で幕府の軍勢が諸方に繰り出していくのとすれ違った。南朝勢は後花園天皇を襲うと同時に、正当なる皇統の証したる三種の神器を奪ったのだろう。幕府の兵が処々に散っていくのはその探索のために違いない。

が、左近にとってなによりも大事なのは後花園の安否だ。まっすぐに正親町邸に向かうと屋根裏に忍び込んだ。天井から窺うと家司《けいし》とおぼしき老人が、恙《つつが》なく帝を広橋中納言邸にお連れ申し上げたと復命している。

――広橋ならば武家伝奏ゆえに、直ちに幕府の護衛がつくだろう。

左近は独り合点すると、屋根裏から大路に飛び降りて北に向かって駆け出した。行く先は管領畠山持国の館。赤々と篝火の焚かれる表門の反対側、人気のない不浄門から忍び込む。過ぐる嘉吉の土一揆の際に侵入したことがあるから館の勝手は知っている。ただ、あの時と異なって今は管領の職にあるだけに、畠山持国に近づくのは容易でないはずだ。主殿に近い植え込みに身を潜めて慎重に窺うと、

「では主上はご無事なのだな」

「はっ、ただ今、伝奏の広橋さまに直にお会いして確かめて参りました」

「うむ。さればその方も急ぎ神器の探索に向かえ」

畠山館では戦陣さながらに前庭に幔幕が張り巡らされ、蔀の開け放たれた主殿の中に鎧を身に

着け床几に腰を据えた持国がいて、その周囲を譜代の重臣たちが固めている。予期したとおり、近づくのは困難だ。

――仕方がない。急がば廻れだ。

左近はひとたび畠山館を後にして広橋邸に忍び込むと、紋をうった衣冠装束を盗み出した。それを道中で素早く身に着け、再び畠山館に取って返した。

「麿は竹屋宮内と申す。広橋邸に難を避けておわす主上の勅使として管領どのに申したき儀があってまかり越した」

広橋の一門で宮内卿を務める竹屋冬光という公家の名を騙った。衛士をはじめ館を守る兵の中にその顔を知るものなどいるはずもない。しかも衣冠をまとって勅使と称しているし、丸腰なのも功を奏して、咎め立てされることもなく通された。

「宮内卿の竹屋どのが勅使として参られただと？」

さすがに持国は訝しげな口ぶりで応えている。が、あながち否定もできぬと覚ったのか、絵図を広げたままの本陣に案内するようにと命じた。なにくわぬ顔で控えながらも中の様子を窺っていた左近は、幔幕が頭上に掲げられると腰をかがめてくぐりながら射るような視線を向けた。

――むっ、その方……。

白髪の目立つ大きな頭の下で持国の双眼が鋭く光る。さすがに左近の顔を覚えていたようだ。

「遊佐、これを」

家中宿老の筆頭と思しき部将に采配を委ねる。以外な顔で仰ぐ老臣に、帝の勅使を陣中でお迎えすることはできぬと告げ、いずれも同席無用と言い捨てて左近を目顔で促した。

「一昨年は礼を言いそびれたな」

彼ら二人のほかにはだれもいない書院の上座に腰を下ろす。鎧の金音が室内に響いた。

「なんの。なにも畠山どののためではござらぬ」

左近は音もなく膝を折った。

「されば恩賞が目当てか」

「それがしはただ、今の帝の御世が安泰であれと望むだけ」

「今上の帝は忍びを雇われぬと聞いたが」

「いかにも。雇われているわけではござらぬ。ただ陰ながら御身をお護りしているのみ」

畠山持国が無言で眸を向ける。心の臓まで見透すほどの眼力に息がつまってきた。

「それで、今日はなにを？」

どこまでの事情をつかんでいるのか、持国は全く腹のうちを覗わせない。

「未明の謀叛について」

一旦ここで息を継ぐ。相手の瞼が微かに動いた。どうやら足利三春と帝の安否を確かめるのに精一杯だったようだ。

「内裏を襲った軍勢は楠木並びに越智の一党を中心とした南朝の残党。先般薨じたる小倉宮聖承の一子、泰仁王を新帝に戴いております」

畠山持国がふうっとため息をつく。南朝の残党の仕業と聞いて眉間に深いしわが刻み込まれた。南北朝の合一から五十年が経とうというのに、残党の蠢動は一向に収まらない。力で屈服させつつ甘言を弄して事を治めようというのが一貫した施策だが、南北両朝の皇胤から交互に帝を立てるという両統迭立《てつりつ》の約定を守っていないため混乱が長引いているのだ。

「小倉宮を失うたことで求心力をなくすると思うたのだが……」

「それを恐れての挙兵にござりましょう。このまま消え行くわけには行かんとの強い意志の表れかと存じますが」

「それだけではないと言いたそうじゃの」

持国が睨めつける。

「首謀者は日野有光とその息資親。廷臣の中にも冷泉や高倉など、叛乱軍に通じているものがござる」

「日野か……」

首謀者の有光父子が将軍家外戚とどの程度の近さになるのかはわかっていないが、その名ばかりは聞いたことがあるようだ。

「南朝勢は護聖院宮家の王子をも奉じて叡山に籠もるよし」

日野有光に叡山と聞いて、ようやく持国は事のあらましを悟った。亡き義教はかつて天台座主を務めていたにもかかわらず延暦寺に対して強硬な姿勢をとり続け、対立の果てに叡山の象徴たる根本中堂を焼き払い衆徒を殺害し、さらには近江守護の六角氏と京極氏に命じて諸所で山門領を押領させた。他方、公家では日野家を嫌い、中でも有光を虐《いじ》めぬき所領を没収し髪を下ろさせた上で隠居に追い込んだ。その両者を繋ぐものはひとつ。

――悪将軍の亡霊か。

畠山家も家督相続への干渉を受け、持国自身が隠棲を余儀なくされていたから、怨みのほどは十分に理解できる。それにしてもあまりに大きな負の遺産だ。

「一刻も早く手を打たなければ大きな渦になりかねませんぞ」

憎悪はまた新たな憎悪を生む。義教に恨みを抱く輩は、京ばかりか東国にも西国にも潜伏している。負の連鎖は思わぬ力を発揮するものだ。

「わかっておる。直ちに叡山に対して帝の綸旨と将軍家の御教書を発する。それを奉じて明日にも討伐軍を向かわせる」

嘉吉の変では赤松討伐軍の編成にすら手間取り、本格的な征討軍を送り出すまでに半月以上を要した。あの時とは異なり、今回は幕府にとっての首長たる将軍を失ったわけではないが、内裏が襲撃され天皇の命が狙われた。この混乱の中でも的確な動きを見せる畠山の手腕は、かつての細川持之と異なって心地よい切れ味をしている。将軍専制を目指した義教にとってはこの有能さがかえって邪魔になったのだろうか。

「明日にござりまするか」

「遅いと申すか」

打てば響くように応えが帰ってくる。

「されど、どれほど急いでも討伐軍を整えるのに今日一日は要する」

畠山の手勢だけで攻め上れないわけではないが、それで敗れでもしたならかえって叛乱軍に気勢を上げさせてしまう。

「畠山さまの誓紙をいただけるのであれば、それがしが直ちに叡山に赴き、衆徒の頭どもを説いて廻りましょう」

「わしの誓紙だと?」

管領とはいえ彼は宿老のひとりに過ぎない。しかも嘉吉の一揆の折の不始末でその名を自ら貶めた細川持之の後を継いだ嫡子は聡明の噂高く、かつての権勢を取り戻すべくひそかに山名家と結びつつあると噂されている。将軍御教書や綸旨に先立って彼が誓紙を書いたとあれば、後になって専横と非難されかねない。相手の躊躇いを感じ取った左近は、ここぞとばかりに膝を進めた。

「叡山とて幕府と和睦する折を窺っておりましょう。義満公の頃より行き違いが始まり、義教の代になって決裂した関係を、畠山さまの手で修復できる好機は今をおいて他にはございませんぞ」

嘉吉の一揆の後、叡山延暦寺はそれまで恒例のように繰り返してきた強訴も行わず静謐を保ち続けてきた。数日前に三井寺の衆徒が金堂に籠もって強訴に至ったが、叡山は動かなかった。ということは、管領が細川持之から畠山持国に交替した後、叡山延暦寺は一貫して幕府に楯突いていないというわけだ。

「わしの誓紙か……」

持国が繰り返す。専横の証拠を残すことで、打倒畠山の大義名分を政敵に与えかねないことを逡巡しているのは明らかだ。

「躊躇されるのであれば無理にとは申しません」

畠山が否というなら細川を訪ねるのみという思いをにじませながら、左近は席を立つふりをしてみせた。彼にしてみればそこまでして畠山に肩入れする必要はない。ただ火の粉が広がらぬうちに手を打って、一刻も早く事態を収拾したいだけなのだから、その様子から偽りは感じ取れない。

「待て。渡すのではなく示すだけならば」

畠山持国にしてみればきわどい選択かも知れぬが、彼にとってはどうでもよいことだ。左近はそれでも恩を売るに越したことはないと、渋面をつくってうなずいた。

「さればこちらからは畠山さまの誓紙を示して説き伏せ、衆徒の方からこの館に参上させてみましょう。それまでに綸旨と御教書を整えておかれれば、その場で和睦は成立するものと心得ます」

叡山の方から指図を乞いにきて、しかも綸旨と御教書を示して説諭するのなら、それは少しも専断に当たらない。後は、幕府管領の顕職にある畠山持国が、この素性もわからぬ一介の忍びを信用できるかどうかだ。

「その方、名はなんと申すのか」

「橘屋左兵衛。もとは伏見宮家に仕える忍びにして、幼き頃の彦仁さま、あいや今上の帝の警護をしておりました」

委細あって今は禄を離れ、陰ながら帝の御身をお護りしているものにござると、問われもせぬことまで左近は明かした。

「一昨年のことといい、こたびのことといい、南朝の残党の事情に明るいのはなにゆえか」

畠山にしてみれば、結果的に彼に功績をもたらしながら恩賞もなにも要求しない左近の存在が不気味でならぬのだろう。

「わが従兄もまた委細あって禄を離れ、今は南朝勢に潜入しておりますれば」

相手の心理がわかっているだけに彼は淀みなく応えた。それを聞いてほんの一瞬だけ瞑目し黙考した持国であったが、

「わかった。今すぐに誓紙を認めるゆえ、しばし待て」

持国は書院の隅におかれている小机に向かい文箱を開けると、巻紙にさらさらと筆先を奔らせた。

四半刻もせずして畠山の館を発った左近は、くすぶり続ける内裏の焼け跡に衣冠を脱ぎ捨て南をさして疾駆した。雲母坂か山中越えから叡山に上るのがもっとも近道なのだが南朝勢に見つかる危険がある。少し遠回りにはなるが粟田口から逢坂山を越えて大津の浜に至り、東側から山上を目指すことにしたのだ。

と、粟田口の手前の青蓮院の辺りで三騎の武者が声を上げながら独りの落武者を追っているのに出くわした。

――おや、あれは……。

追われている方の腰には、明らかに分不相応な蒔絵の施された鞘に納まる短刀が佩かれている。もしやという思いが脳裏を掠めた。彼が畠山館を去る時、ちょうど内侍所の宝鏡が、それを奪って逃亡しようとしていた湯浅九郎の首級とともに運び込まれてきたところだった。

「後は神璽と宝剣じゃ。血眼になって探せ」

遊佐の怒声が耳に残っている。彼は迷うより先に追尾の姿勢に入った。

知恩院の境内を抜け、祇園社の背後にある長楽寺という寺の境内で落武者は追いつかれて包囲されていた。

「内裏襲撃の賊徒と見た」

おそらく騎上の武士は畠山の家人ではないのだろう。はた目にはただの残党狩りにしか見えない。

「賊徒とは無礼なる申されようかな。それがしは南朝の忠臣楠木の一党にして波多野五郎太郎なり」

落武者はくだんの短刀を草叢の中に投げ捨てると太刀を抜いた。とはいえ創ついた落武者が単身で三騎の敵と渡り合うのは難しい。波多野と名乗った武士はほどなく斬り捨てられて首級を挙げられた。一部始終を見届けた左近は、三騎の蹄の音が消えるのを待って草叢にもぐり込み、例の短刀を見つけ出した。

――これが万世一系に伝わる宝剣なのか。

だが、今の彼には主上のおわす広橋邸や畠山の館まで戻って届けるだけの猶予はない。懐をまさぐり紙切れと矢立を取り出すと、

――大内の三種の神器にて候。

それが宝剣だということを簡単に認め、紙縒《こよ》りで結びつけると清水寺まで駆けて内陣に忍び込み、そっと安置してから叡山へと脚を向けた。

同じ頃、糺の河原をまっすぐ東に進み雲母坂から叡山を目指した南朝勢は、払暁《ふつぎょう》になって山頂にたどりつき東塔の根本中堂と西塔の釈迦堂に分かれて立て籠もっていた。

「では、我らはこれより」

「うむ。衆徒が味方につけば当方も三千の軍勢となる。一気に都に駆け下って幕府軍と雌雄を決せん」

日野有光が次々と差し出される書状に花押を記しながら、出立する楠木らを督励した。湖葉に守られてひと足先に到着していた泰仁王は叡山の衆徒に宛てて決起を促す令旨《りょうじ》を書き続けていたし、日野有光と鳥羽尊秀は泰仁帝の関白と将軍といった態で添え状を認め、墨痕の乾いたものから順に楠木や越智、橋本といった武将に手渡されていく。受け取ったものはそれを懐に忍ばせて、山内に散る衆徒の頭目の許に説諭に向かうのだ。

「日野資親どののお姿が見えませぬな」

総大将の鳥羽尊秀、いや叡山に拠ってからは将軍らしく源尊秀と称している三郎のそばで右近がつぶいやいた。

「うむ。なんでも土壇場になって自らは洛中に残ると申されたそうだ」

三郎にしても初耳だったのだろう。

「だれかが洛中に残らねば幕府や朝廷の正確な動きがつかめぬからという理由らしい」

確かにもっともな言い分ではあるが、湖葉や右近がいるのだから資親がわざわざ残る必要はない。いや、むしろ公家である彼独りが残ったところで知りえるものは伝聞ばかりだろう。

「ことここに至って臆病風に吹かれ給うたものか」

三郎にしては珍しく言葉に険が含まれていた。自らの立案した戦略を無断でゆがめられ、しかもその結果として得られたものは三種の神器のうちの神璽《しんじ》のみ。作戦の変更が失敗であったことが明らかなだけに、さすがに苛立ちを隠しきれないでいる。

右近もまた資親の真意を測りかねた。一昨年の一揆の折と異なり、こたびの叛乱に日野有光が深く関与していることはもはや明らかだ。叡山にいれば合戦となっても混乱に乗じて落ち延びられようものが、洛中に残っていればすぐにも捕縛されかねない。

「まあ、あれにはあれの存念があるのじゃろうが……」

父の有光にしても子の申し状を納得しかねていたが、最後には、

「名もなき捕吏に首級を挙げられるのも覚悟の上なのじゃろう」

ばっさりと切って捨てたという。

そんなやり取りを交わしているうちに陽は中天に達し、山内に散っていた楠木らが戻ってき始

めた。が、期待していた僧兵は一向に集まってこない。多くの頭目は事前の根廻しのとおりに令旨を受けこそしたが、

――みなと協議を終えた後に揃って伺いましょう。

だれもが言を左右にして巧みに言い逃れ、容易にうなずこうとしないのだという。しかも彼らの態度は印で押したように一様で、二つ返事で同道したのは町野助左が懇意にしているもので彼ら南朝勢を匿う時から手を貸していた二人の頭目だけに過ぎないという。

――左近め、どうやら上手くやり遂《おお》せたな。

心中で秘かに従弟を称えながら、そんな素振りは毛ほども見せず、今の段階でこれだけ反応が鈍ければこの先は期待できないと三郎に囁いた。

「うむ。されど今少し様子を見よう」

衆徒が味方につかないのなら潜伏させていた南朝勢だけで戦うしかないのだ。じっとしていられなくなった楠木らが再び説諭に赴くのを見送ってから、三郎は腕を組み瞑目し続けていた。が、どれほど経っても山内に動く気配はない。じりじりと時間ばかりが過ぎてゆく。

「みなさま方」

間もなく申の刻かと思われる頃になって、帝に擬された小倉宮泰仁王とともに西塔の釈迦堂に詰めていた湖葉が現れて沈痛な面持ちで声を発した。

「都に残してきた手下から消息が届きました」

朝のうちから叡山の衆徒と思しき修験者たちが管領の畠山館を入れ替わり立ち替わりに訪れていること、難を逃れた後花園天皇と将軍家督の足利三春が彼らに対して朝敵追討の綸旨と御教書を発したこと、そして最後にその綸旨と御教書を奉じた管領畠山持国が討伐軍を自ら率いて間もなく出陣するであろうと告げた。

「山門の使いが管領の許を訪れているのか」

三郎が観念したようにつぶやいた。そうとなれば衆徒は援軍に駆けつけまい。いや、今ここに攻め寄せてこないだけでも幸いといえた。

「楠木たちを呼び戻せ。それに兵たちにはすぐに兵糧をとるように布れよ」

早ければ日暮れ前に追討軍が押し寄せてくる。夜の山攻めは避けるのが戦さの常道だが、多勢に無勢ならそうとも限らない。これで叡山に上ったことの意味がなくなった。戦略のすべてが瓦解した。

「石見右近、これより直ちに堅田に参って湖賊の舟を整えよ」

「はっ、されど行き先は？」

「全軍で山を下りて湖東に渡り、山伝いに吉野を目指す」

衆徒の来援が期待できぬ以上、叡山に拠る意味はない。

「ここで戦さはせぬということですか」

戻ってきた楠木らも驚いて仰ぎ見る。

「勝ち目のない戦さをしても犬死するだけだ」

「心得ました。されど」

湖賊が頸を縦に振るかどうか。ここで南朝勢を湖東に渡せば明らかに朝敵に手を貸すことになる。陰で支えてきたことが明るみになるようなまねに応じるかどうかはわからない。釘をさすわけではないが、という顔をして右近が告げた。それにもまして、できることなら舟を集めることを和邇屋の棟梁、いや町野助左衛門にさせたくはなかった。

「御大将よ」

立ち上がって背を向けた右近の耳に日野有光の声が届いた。

「お落とするのは宮さまばかりにして、我らはここを先途としようではないか」

右近が歩み始めていた足を止めた。

「入道どの……」

「全軍が山を下りて吉野まで逃げるのはどう考えても難しい。後を追われながら討ち減らされていくばかりなら、いっそこの場で幕府の軍勢を迎え撃とうではないか」

敵に背を向けるのは恥辱と、まるで武士のようなことを言う。三郎は、いや総大将の鳥羽尊秀

はしばらく黙って考えていたが、やがて、

「日野入道どのがお覚悟とあれば異存はない。右近、湖葉」

右近が踵を返し、湖葉が跪いた。

「お三方の宮さまを吉野にお落とし申し上げよ」

二人が無言で頭を下げ、跳ねるように飛び出した。

「楠木と越智は兵糧を使った兵から順次この根本中堂に集結させよ。急げ、幕府軍は夜の闇を衝いてでも攻め上ってくるぞ」

背後に慌しさを感じながら二人は根本中堂を退き、西塔の釈迦堂を守る兵に大将の下知を伝えてから、中に入って泰仁王と通蔵主、金蔵主に吉野落ちを伝えた。

が、うろたえて我を失った通蔵主が泣き叫んで足手まといになり、釈迦堂を出た時には雲母坂から攻め上ってくる幕府軍のひしひしと迫りくる気配が濃厚に感じられるようになっていた。

「急ごう」

脚に自信があるという金蔵主はそのままに、右近が泰仁王を背負い、湖葉が通蔵主の手を引く。

が、急峻な山道を黄昏時に下るのは容易ではない。足の裏を朱にそめた通蔵主が途中でなんどもへたり込んだ。

「もう歩けぬ」

「なにを情けない。さようなお姿を黄泉におわす後醍醐の帝がご覧遊ばしたなら……」

「わかっておる。じゃがほれ、見てみい、足の指がこのように」

通蔵主がさめざめと泣き始めた。

「ならば予が歩こう」

泰仁王が下り立ち、右近に通蔵主を背負うように命じた。と、その時、山頂の方から鬨の声が響き渡った。

「始まったようだな」

「ああ、急ごう」

湖葉とうなずきあった右近が通蔵主を背負い上げる。途端に背中が冷たくなった。どうやらさっきの喊声に肝を潰して小尿をもらしてしまっていたようだ。が、気にしている時間など少しもない。

「さ、陽が暮れる前にできるだけ麓近くまで」

再び山道を下り始めた一行に、突然風を切る音が迫ってきた。

——むっ。

右近と湖葉が反射的に身を屈めた。背後の木に二本の矢が突き立った。

——流れ矢か。

——まさか、いくらなんでもここまでは……。

——と、すれば……。

読唇で言葉を交わしているうちに次の音が迫ってきた。

「宮さまっ」

湖葉がすぐそばの金蔵主を懐に抱きかかえるようにして地に転がる。が、右近は通蔵主を背負っている分だけ動きが鈍い。手を伸ばして衣の袖を引くのが精一杯で泰仁王を庇うことができなかった。

「ぐえっ」

頸の根を射られた泰仁王がふっ飛んだ。

「主上っ」

湖葉が地を這って泰仁王に近づく。右近は頸に固く巻きつけられた通蔵主の腕をどうにか解いてから駆け寄った。が、喉に矢を突き立てたまま、泰仁王はすでに絶命していた。

「おのれ、姿を見せよっ」

湖葉が金蔵主を庇いながら忍び刀を抜き放つ。

「左近だな」

同じく通蔵主を背後に隠しながら右近がつぶやく。と、梢を揺らして目前に影が下り立った。

「命まで奪うつもりはなかったのだが」

「おのれ、逆賊っ」

湖葉が斬りつける。が、ほんの一瞬の差で左近はかわし続ける。釣り込まれるように踏み込んだ分だけ彼女の姿勢が崩れた。刹那、左近がしたたかにその右手首を打った。

「くっ」

跳び退りながら左手で手裏剣を投ずる。狙いは正確だったが、利き手でないだけに勢いがない。左近は容易《たやす》く叩き落すと、そのまま彼女の喉元めがけて苦無を投げつけた。かろうじて頸をすくめてかわしたが、湖葉の頬に朱色の一文字がくっきりと記された。

「老いたか、湖葉」

かつてはなんど立ち合っても彼女の圧勝だった。が、今の一撃はかわしたというよりも左近がわざとはずしたものだ。忍びだけに、情けをかけられたことはよくわかった。

「さあ、殺せ」

もはやどれだけ抵抗しようと勝てる見込みはない。見くびられたことで彼女の自尊心は著しく傷つけられた。

「前から言っているだろう。俺は殺すのは嫌いだ」

「なにを今さら。わが主上のお命を奪っておきながら……」

鋭い目がはっと瞠かれ、右近に視線が注がれた。泰仁王が射殺される寸前に右近が手を伸ばしてその袖を捉えていた。左近の放った矢から逃れさせようとしたとしか見えなかったが、左近の狙いが正確であるほど標的が予測もしない動きをすれば的がはずれる。

「右近、その方……」

計算ずくで袖を引いたのか。その問いに答えるように右近が忍び刀の柄を握った。

「小倉宮一流には断絶していただかねばならぬ」

「なんだと」

「足利を倒して新しい世を創るのは願ってもないこと。だが今さら南朝の世に戻すことはできない。後醍醐帝の理想を再現させれば世は再び乱れる」

鞘を払う。すらりとした抜き身が月明かりに蒼く輝いた。

「欺いたのか、我らを」

「俺もそなたにはなんども欺かれたぞ」

右近は目にも留まらぬ速さで湖葉の腿に切っ先を突き刺した。

「権力を巡る争いほど無益なものはない。悪将軍が斃されたことで、ようやく世は落ち着きを取り戻そうとしている。南朝を再興するためだけにそれを乱すことは許されぬ」

柄にぐっと力を籠める。湖葉の太腿から朱いものがあふれ出した。

「二度と忍びはさせぬ」

「いっそ殺せ。忍びでない私など生きる屍だ」

「このお二方を守って吉野の山奥でひっそりと暮らせ」

右近は自らの装束で刃の血糊を拭ってから鞘に納めた。

「異論はないか、左近」

「ああ、このたびの合戦で南朝勢は二度と蜂起できなくなるだろう。すべてはそなたの忍耐のおかげだ」

「ふん、相変わらず小太郎は甘い」

にたりと頬を緩めた二人は、

「さて、まだ最後の仕事が残っている。楠木や越智を斃して神璽を取り戻さねばならぬ」

うなずき合うと、金蔵主や通蔵主には手をかけることなく戦さが続いている山頂を目指して駆け出した。


夕刻から翌朝にかけて叡山山上で繰り広げられた激戦は幕府軍の圧勝に終わった。叡山衆徒は最後まで手を貸さなかった。叛乱軍は日野有光のほか、与党した高倉や冷泉といった公家も討ち取られ、武将では越智が討死、兵卒は降伏して捕虜となった五十余をのぞくすべてが戦死した。

南朝皇胤では小倉宮泰仁王の遺骸が見つかったほか、湖葉と金蔵主は足手まといなる通蔵主を置き去りにしたようで、残党狩りによって生け捕りにされた。

一方、日野資親もまた、その日のうちに三郎の居所の側にあった持仏堂で捕えられた。光子の位牌を懐に抱いて自害したものの死に切れなかったらしく、堂内で捕吏に刺殺するよう懇願したが聞き入れられなかったという。そして翌日、六条河原に引き据えられた与党の中に、その資親の姿があった。

竹矢来の外側に見物の衆が群れている。その中に商人姿の左近と右近、それに鳥羽尊秀、いや児島三郎の姿もあった。

「日野資親はなぜ我らを裏切ってまで南朝の再興に命を賭けたのだろうか」

足利将軍家と深い姻戚関係にある裏松日野家の本家に当たる彼の家系は、義教以前からいくたびも将軍家から理不尽な扱いを受けてきた。それだけに倒幕に熱意を抱くのは理解できるが、このたびの企ては将軍跡目と管領を狙うという右近と三郎の策を、ひと言の相談もなく内裏襲撃に塗り替えた。

——湖葉の軀に籠絡されたか。

確かに二人は、南朝再興の企てに引きずり込もうとする湖葉の方から誘って男女の仲にはなっていたが、どうやらそれだけではないようだ。

「主上への恨みか」

だが、後花園天皇によって彼は参議に列せられ、公卿の仲間入りを果たしている。処罰されたことも忌避されたこともない。

「亡き妹の光子どのの遺志を継いで、称光帝の嫌悪していた伏見宮の皇統を絶とうとしたとしか考えられぬが」

左近がぼそりとつぶやいた時、刑の執行が告げられた。まず初めに引き出されたのが日野資親だ。自ら命を絶つべく腹に刃を突き立てた後とあって、両脇から支えられていても足許がおぼつかない。

「光子どののことが切っ掛けになったのは確かだろう。だが、自ら仇を討とうとした将軍義教を赤松に討たれ、振り上げた拳の下ろしどころを失ったのではなかろうか」

今度は児島三郎が竹矢来の向こうから目を離さずにつぶやいた。

「どういうことだ」

「なんでもよかったのではなかろうか。強いて言えばより困難なものを目指しただけ。例えそれが叶えられたところで満たされないことは、頭でわかっていても心が許さなかった」

「難しいな。そういうことになると俺にはとんとわからぬ」

光子の名を聞いて右近には別の想いが浮かんだが、声にしたところで後の二人には理解できまいと口をつぐんだ。

と、そうしている間に河原に穿たれた穴の前に資親が引き据えられた。

「実はそれがしがそうだったのだ。赤松の誘いを受けて備前を離れる時、なにかこう、じっとしていられないような、追い立てられるような……」

その様子を目に映しながら三郎が言葉を継ぐ。

「義教が討たれ一揆が終息した時に都を去ってもよかったのにそうしなかったのは、今にしてみれば満たされない想いが次なるなにかを求めて、わが身に決断させなかったような気がする」

頸斬り役の侍が太刀を振りかぶる。陽光が蒼い刀身を煌かせた。

「心に棲みついた鬼か。それとも魔物に魅入られたか」

右近がつぶやいたその時、群衆がどよめいた。太刀が一閃して胴から切り離された頸が穴を飛び越えて河原に落ちた。

「そんな自分勝手な理由で……、多くの命が失われたのか」

「位が高くなればなるほど、自らを貴《たっと》ぶ想いが強まり、その意思は崇高で重くなる。かわりに余人を蔑《さげす》む気持ちが強まり、その命は軽く感じられるようになるのだろうよ」

下人が頸を拾い上げて穴の中に放り込んだ。その光景を目にしても彼らの胸のうちには同情のかけらも浮かばなかった。

「では、それがしはこれにて」

児島三郎が頭を下げた。総大将として南朝勢の将軍に擬せられながらも、彼の実態を知るものは幕府にはいない。右近も左近も備前に戻ることを勧めたが、結局は和邇屋の助左の許で世話になる、と決めたらしい。

「そなたはどうするつもりだ？」

三郎の後姿を見送りながら左近が右近に訊ねる。

「さて、しばらくは遊んで暮らすか」

伏見の父の墓に隠した銭があれば一生喰うに困ることはない。

「そちらこそ、帝がお探しだというではないか。なにせ命の恩人だからな」

「うむ」

左近は少し照れたように丈のある背を折ってうつむいた。こうした仕草は小太郎と名乗っていた頃と少しも変わっていない。

「されど、まだ終わっていないからな」

左近がそう言うのを彼はわかっていた。奪われた神璽は結局戻っていない。

「あれは、俺にも責任があるな」

山上の戦さで行方不明になった楠木が携えて逃げたのだろう。内裏で手を携えて楠木を討ち取っていたらと、悔いが残った。

「そう思っているなら、手伝いを頼んだ時には助けてくれるのだな」

「足手まといでないなら、なん時でも」

「されば、せいぜい鍛錬を怠らずに遊んでおいてくれ」

二人の従兄弟は顔を見合わせてうなずくと、左近は南に、右近は東にと、別々の方向に歩み始めた。

了

主な参考文献

『足利将軍暗殺』　今谷　明　新人物往来社
『土一揆の時代』　神田千里　吉川弘文館
『闇の歴史、後南朝』　森茂　暁　角川書店
『京都　一五四七年』　今谷　明　平凡社
『日野太平記』　福本　上　新人物往来社
日本史年表　河出書房新社
国史大辞典　吉川弘文館
歴史読本（95／2月号）　新人物往来社
「秘史皇位継承実録」所収　「禁闕の変の真相」森　茂暁

著者／原田　隆之（はらだ・たかゆき）
昭和 40 年　京都市生まれ
同志社大学商学部卒業後、一般企業に勤務する
かたわら、現在中小企業診断士として活躍。
主な著書に『皇位の呪縛』(2006 叢文社)

内裏襲撃《だいりしゅうげき》―禁闕《きんけつ》の変異聞《へんいぶん》―

発行　二〇一九年四月一五日　初版第一刷

著　者　原田隆之

発行人　伊藤太文
発行元　株式会社　叢文社
〒一一二―〇〇一四
東京都文京区関口一―四七―一二江戸川橋ビル
電　話　〇三（三五一三）五二八五
ＦＡＸ　〇三（三五一三）五二八六

印刷・製本　モリモト印刷

定価はカバーに表示してあります。
乱丁、落丁についてはお取り替えいたします。

ISBN978-4-7947-0795-6